KB112927

아무튼, 스웨터

아무튼, 스웨터

김현

스웨터를 가졌나요?

그렇다면 당신은 이야기꾼입니다.

차례

1부

스웨터리 스웨터sweatery sweater

옷 욕심이 없는 편이다. 1년에 많아야 두세 번쯤 옷을 산다. 봄/(여름)가을 한 번, 여름 한 번, 겨울 한 번. 1년 동안 옷을 사지 않을 때도 있다.

옷을 고를 때 나름의 원칙이 없는 건 아니다. 기본에 충실한 것과 기본에 충실하지 않은 것을 같이 살 것. 블랙과 화이트. 스트라이프와 무지. 보라와 초록, 군청과 카키, 분홍과 은색. 톤앤톤. 패턴과 패턴.

지금은 이렇게 입었다.

흰 티셔츠, 옆트임이 있는 검은색 오버스웨터. 짙은 군청색 스트라이프 프티 스카프. 팬츠는 차콜 세미부츠컷. 회색 양말에 파란색 아디다스 캠퍼스. 손목에는 무광 검정의 지샥 시계.

욕심이 없는 사람치고는 패션에 관심이 많다. 욕심이 없으니 기왕 사둔 옷을 잘 맞춰 입는다. 색과 패턴을 고려하여 레이어드하고 뺄 걸 빼고 더할 걸 더한다. 이렇게 말하니 엄청난 '패피'라도 된 기분이나, 어디 가서 패피라고 말하기엔 쑥스럽다. 그저 기본에 충실할 때 옷 때문에 느낌이 잘 살아나는 사람이 되는 것이 좋고, 기본에 충실하지 않을 때 옷이 주는 느낌을 잘 살리는 사람이 되는 것이 좋다.

이런 까닭에 가끔 어디에서든 '동지'를 만난 느

낌이 들면 꼭 말해주고 만다.

"선영 씨, 오늘은 군청이 포인트!"

그럼에도 스웨터 앞에서는 자주 욕심을 부리고
만 싶어진다. 스웨터만큼 짜임과 문양과 색과 크기
에 따라 느낌이 아니, 표정이 달라지는 옷도 드물기
때문이다.

촘촘한 것은 촘촘한 대로 단정하고 성긴 것은
성긴 대로 자연스러우며, 아가일 패턴의 베스트와
페어 아일 패턴의 베스트는 같은 '장르'지만 각기 세
련되거나 전원적인 느낌을 전해준다. 검은색은 도회
적이고 주황색은 귀여우며 고동색은 분위기 있다.
타이트하게 입었을 때는 단단하고 넉넉하게 입었을
때는 물렁하다.

그뿐인가. 스웨터처럼 옷을 입어온 시간에 따라
옷의 기분이 달라지는 옷 또한 드물다.─코르텐과
가죽과 세무가 그런 부류다.─오래 입어 보풀이 잡
힌 스웨터의 엉뚱한 생기(生氣)는 어떤 옷에서도 쉬
이 찾아볼 수 없는 것이다.

그러니까 어떤 이가 사계절 내내─여름용 스웨
터도 있다. 그 얘긴 뒤에 기다리고 있다.─스웨터를

입는다고 해도 우리는 수긍해야 한다. 그는 고루한 사람이 아니라 고유한 사람이다.

스웨터리 스웨터라는 말이 있다. 다양한 텍스타일의 사용과 흥미로운 문양이 들어간 스웨터가 인기를 끌고 있는 가운데에도 전통적인, 기본에 충실한 스웨터이 가치를 보여주는 타입을 말한다.

기본에 충실한 옷은 시간에 충실한 옷이다. 시간을 즐기는 옷. 그런 옷은 언제까지고 새롭다. 구멍이 숭숭 뚫린 흰색 티셔츠나 올이 풀린 스웨터가 최첨단의 옷으로 태어나는 것은 놀라운 일이 아니다. 낡아 헤지는 옷이 있고 오래되어 새로워지는 옷도 있다. 그런 옷들은 시간에 주눅 들지 않는다. 오래전 아버지가 입던 조끼나 어머니가 입던 카디건을 꺼내 코르덴 바지, 체크코트와 매치해보면 느끼게 된다. 스웨터는 어제도 오늘도 내일도 현재하는 옷이다.

하나의 옷에 다양한 가치를 부여하는 패션 용어가 있다는 건 그 옷에 아직 발굴해야 할 것이 많다는 것. 스웨터는 무궁무진하다. '스웨터성애자'란 옷의 가능성을 믿는 자라 할 수 있다.

멋 내지 않아도 멋이 나는 여자를 희망사항이

라고 말하던 대중가요도 있었다. 물론 그런 멋도 있다. 자연스럽게 나타나는 멋. 그러나 요즘은 멋을 냈으면 멋을 낸 티가 팍팍 나는 사람이 또한 어떤가 싶다.

힘을 주어 입은 이에게 힘을 주어 아는 척을 하는 것. 패션에 칭찬을 인색하게 하지 않는 사람이 결국은 패션이 주는 활력을 이해하는 자이다.

방금 카페로 들어온 사람은 이렇게 갖춰 입고 있다.

버건디 스웨터에 베이지색 치노 팬츠. 라코스테 스니커즈. 심심한 와중에 포인트는 목에 있다. 얇은 금 목걸이. 두꺼웠더라면 또 다른(?) 재미가 있었을 것이다.

스윙 스웨터swing sweater

바람이 분다. 여름의 바람과는 떨림이 다르다. 자연의 순환 속에서 새로운 바람은 아니나 인간의 삶 속에서 새롭다고 생각되는 바람이다. 계절이 지나가고 있구나, 나이 듦을 감각하게 하는 바람. 그런 바람이 불면 우선 마음부터 꺼낸다. 여름에는 몸부터 꺼냈으니까….

가을은 봄만큼이나 마음을 먼저 꺼내는 계절이다. 쨍한 볕과 한밤의 열기를 보내고 맞는 선선한 가을 저녁에는 누구나 걷는 자이고 싶고, 그렇게 걸을 때 혼자서도 혼자가 되고 둘이서도 혼자가 된다. 그때 혼자는 상태가 아니라 성질이다. 혼자라는 성질. 가을에는 누구나 한번쯤 그 성질에 가까운 채로 시간을 허비한다. 우리는 줄곧 시간을 허비해서는 안 된다고 교육받았지만, 시간은 흘러가고 다시 돌아오지 않음 그 자체로 이미 헛된 것이다. 그러니까 헛되이 쓰는 시간이 본질적으로 가장 시간에 가깝다.

가을에 헛됨이 없다면 겨울은 아름다울 수 없으리.

–영진 씨는 가을에 어디 안 가?

백화점 판매사원인 영진은 13년간 대체로 서 있었다. 옷을 팔았고, 돈을 모으면 썼고, 연애했고,

결혼해서, 빚을 졌다. 무지외반증을 얻었다. 엄지발가락의 중족지관절이 튀어나와 중앙 쪽으로 굽어져 발의 형태가 변형된 것, 이라는 의학적 설명에는 부끄러움이 담겨져 있지 않다. 영진은 그 몸의 뒤틀림을 입 밖에 내길 꺼렸다. 그렇게 성실히 일했음에도 그이에게 무지외반증은 창피한 병이었다. 그이는 자신의 엄지발가락을 함께 살림하는 이에게도 쉬이 내보이지 않았다. 그런데 얼마 전, 영진은 그 발을 카메라 앞에 내어놓았다. 같이 일하는 동료들과 함께였다. 그 발이 사실이라고 사람들에게 말해줄 필요가 있기 때문이었다.

"우리의 건강을 보장하라!"

영진은 이번 가을에 자신과 같은 질환을 앓는 이들과 속초로 1박 2일 여행을 다녀오기로 계획했다. 가을 바다에 가서 가을 생선을 먹고 가을바람을 쐬고 오자. 그런다고 관절이 쏙 들어갈 리 없으나 잠시, 돈을 버는 것이 아니라 돈을 쓰는 헛됨에 영진은 마음을 걸기로 했다. 그렇게 쓴다고 한들 자신이 근무하는 매장에서 판매하는 F/W 신상 한 벌 값에도 미치지 못하리라, 영진은 마음을 썼다.

혼자 걷다가 문득 옆에 두고 싶은 사람이 있었

다. 궁금해졌다. 영진 씨는 잘 살고 있을까. 사람이 궁금해지는 건 그 사람에게 마음을 쓰고 있다는 것. 그때 그 마음 씀씀이는 성질이 아니라 행위이다. 그런 마음은 적극적으로 그이와의 추억담을 떠올리게 하고 그이에게로 다가갈 수 있는 방법을 강구케 하기 때문이다. 아직 그이와 연락이 닿는 이에게 그이의 안부를 물었다. 떠난다고 했다.

그리하여 바람이 분다. 이 계절에 한번 꺼내놓은 마음은 그 마음을 다 쓸 때까지 도로 넣을 수 없다. 마음의 꼬리가 자꾸만 갈라지고 길어지는 것. 그게 이 계절의 성질이다.

손길이 옮겨간다. 두께가 도톰한 양말과 길거리 포창마차의 꼬치어묵 그리고 솜이 알맞게 찬 차렵이불. 마음 다음엔 언제나 의식주로 가게 되어 있다. 우리는 누구나 생활인들이므로. 영진에 관하여 더 긴 이야기를 쓸 수 있을 것이다. 가을 해변을 맨발로 걷다가 모래 위에 남겨진 발자국을 오래 들여다보는 이의 와인색 스월 스웨터.

어떤 옷, 어떤 사람은 흔들리는 것으로 잠시 자신을 찾기도 한다.

카디건 스웨터cardigan sweater

18세기 프랑스와 영국의 어부들은 바닷바람으로부터 몸을 보호하기 위해 카디건 스웨터를 입었다. 물론 그때는 카디건 스웨터라는 말 대신 달리 불리는 말이 있었을 것이다. 가령, 부드러운 갑옷. 바람을 먹는 옷.

눈빛이라는 말이 없었을 때 내가 바라보는 눈동자의 빈짝임은 어떻게 불리었을까. 별이라는 말이 없을 때 하늘에 반짝이는 것은 아, 였을까 오, 였을까. 사랑이라는 말이 없었을 때 가까이 있고 싶은 마음은 손을 먼저 잡는 것이었을까 발을 먼저 맞대는 것이었을까. 노래라는 말이 없었을 때 몸에서 흘러나오는 것은 목소리에 가까운 것이었을까 자연의 소리에 가까운 것이었을까. 욕심과 살육과 재앙은 하나의 말이 아니었을까.

그때는 아니나 지금은 그렇게 부르는 것.

그런 걸 생각하면 가끔 턱을 괴게 된다. 턱을 괴는 몸짓은, 턱을 괴고 멍하니 창밖을 내다보는 일은 인간만이 누리는 행복이다. 인간만이 시간에 쫓기며 살기 때문이다. 속도로부터 삶을 지켜내는 순간. 정적 속에서 생각의 단추를 끼웠다 풀었다 하는 일이 인간을 잠시 짐승에서 구한다.

굳이 아주 먼 옛날을 소환하지 않더라도 누구나 뭐라 부를 말을 찾기 위해 골몰하는 때를 품고 있다. 사춘기와 첫사랑, 오춘기의 질풍노도라는 지점은 전형적이나 그런 이유로 보편적이다. 말하지 않아도 알고 눈빛만 보아도 알 것 같고, 그러나 결코 알 수 없는 그때 그 사람을 우리는 지나왔고 지나게 된다.

H라는 이니셜 패치가 달린 하늘색 카디건을 가지고 있다. 1998년 봄에 산 옷이니 벌써 19년이나 된 옷이다. 아직 짜임은 촘촘하나 긴 소매와 깃에 오염이 있고 몇 군데 구멍이 나 있기도 하다. 요즘도 입는다. 오래 입어서 편하고 오래 입어서 어떤 옷에 걸쳐도 튀지 않으며 오래 입어서 멋 내지 않아도 멋이 나는 이의 옷 같다. 물론 그 옷을 처음 입었을 땐 대학 신입생이었다.

본 건 많아서 신입생 때는 마땅히 '프레피룩'을 연출할 줄 알아야 한다고 생각했다. TV드라마 〈우리들의 천국〉이나 〈내일은 사랑〉에서 캠퍼스를 누비는 대학생은 누구나 어깨나 허리에 하나씩 카디건을 두르고 다녔잖은가.

카디건이나 니트를 어깨에 걸친 후 양쪽 소매를 가슴 앞으로 늘어뜨리거나 묶는 것을 '넥 스웨터', 허리에 둘러 묶는 것을 흔히 '웨이스트 스웨터'

라 부른다. 나는 주로 넥 스웨터파였다.

그 시절, H는 그 어느 쪽도 아니었다.

H는 나의 제대로 된 첫 연애 상대였다. 수수한 사람으로 청바지에 티셔츠를 입거나 티셔츠 위에 남방을 걸쳐 입는 것으로 멋을 내는 사람. 패션의 완성은 얼굴임을 증명하던 사람, 과장이 아니다. 과장한다면 그이가 또한 신한 사람이었다는 것.

H는 사랑의 가난뱅이이길 자처하는 사람이어서 내가 사랑을 독차지할 수 있었다. 그때는 알지 못했으나 지금은 알아채버렸다. 한쪽이 다 가져버리고 마는 연애는 쉬이 끝난다는 사실.

주는 것은 실을 뜨는 것이고 받는 것은 실을 푸는 것이다. 뜨는 시간과 푸는 시간을 맞춰가는 일, 그것이 연애고 (동거고 결혼이고) 사랑이다.

그렇다면 사랑의 최후는 뜨개를 나타나게 하는 것일까 뜨개를 사라지게 하는 것일까.

H가 잠자리에서 들려준 이야기가 많다.

한번은 이런 이야기를 들려주었다. 부모의 뒤를 이어 명문학교에 입학하고 교내 고급 스포츠클럽에 가입한 명문가 자제들이 첫눈에 반했다가 질투했다가 헤어졌다가 후회하다가 깨달으며 한 명씩 죽음을 맞는다. 사건은 점점 미궁 속에 빠지지만, 결국에는 모든 게 파텍 필립 시계 하나 때문에 생겨난 일임이 밝혀지며 죽인 사람과 죽은 사람이 기묘하게 겹쳐진다. 너무 뻔해서 잠이 오는 이야기였다. 나는 상투적이어서 재미있던 그 허구를 중간고사 대체 과제로 썼다, 버렸다.

하늘색 카디건을 볼 때마다 떠오르는 건 H와의 연애만이 아니다. 나와 H는 어느 날 서둘러 돌아서고 재빠르게 투명해졌다. 내가 배신하고 H가 배신당했다.

옷 한 벌 때문에 시작되는 연애가 있고 옷 한 벌 때문에 끝이 나는 연애도 있으며 옷 한 벌 때문에 두고두고 기억되는 연애도 있다. 모든 연애 얘기는 시간이 지나도 짜임이 느슨해지지 않는다. 옷장 속에 감히 '그 사람의 옷'이 한 벌쯤 있어야 하는 이유이다.

지나간 연애를 돌아보는 일, 그러니까 이별을 뒤늦게 긍정하는 일만큼 뭐라 불러야 할까 싶은 감정을 만드는 일도 참 없다.

아 그리고 오.

파스칼 키냐르는 말했다. 사랑에 빠질 때마다 우리의 과거는 바뀌는 것이라고.

H는 이제 카디건을 종종 입는 이가 되었을까.
H의 어깨에 자주 입을 맞추던 생각이 난다.
오늘의 일이다.

아란 스웨터Aran sweater

아일랜드 서쪽 아란섬에서는 탈지(脫脂)가 되지 않은 천연 털실을 사용해 추위를 막는 옷을 짰다. 그게 오늘날 아란 스웨터의 시초다.

아란섬에서는 스웨터 가슴팍에 각자의 집 모양을 나타내는 무늬를 수직으로 넣어 옷을 엮었는데, 꽈배기나 다이아몬드 모양, 사선과 곡선을 겹쳐놓기도 했다. 뜨는 사람에 따라 세상에 단 한 채뿐인 스웨터가 만들어지는 것이다.

집을 넣어 만든 스웨터를 떠올리면 어쩐지 스웨터가 그 자체로 작은 집처럼 느껴진다. 스웨터의 창문은 어디에 붙어 있는 걸까. 스웨터의 굴뚝 청소부와 스웨터에 살며 고양이 한 마리와 친구가 되는 노파. 다른 어떤 옷보다 스웨터를 입고 있는 사람과 대화할 때 더 유심히 귀를 기울이게 되는 건 다 이유가 있는 거였다.

스웨터의 물성은 실과 바늘이 아니라 실을 가지고 노는 고양이 한 마리와 두 개의 바늘을 놀리는 손에 의해 만들어진다.

언젠가 오래된 도시의 한 구제숍에서 보았던 손때 묻은 스웨터 한 벌이 떠오른다. 새파랗게 칠해놓은 가게의 한쪽 벽면에 걸린 에메랄드빛 스웨터.

앞면에 꽈배기 패턴의 선을 촘촘하게 넣었는데 자세히 보면 모양이 모두 달랐다. 회색 빈티지 플란넬 팬츠와 조화를 이룬 그 옷은 한눈에 보아도 예뻤다. 보지 않아도 떠오르는 옷이었다. 그러니까 다른 모든 옷을 이미 앞질러버린 옷. 그런 옷은 시간이 지나도 사야 하는 옷이다. 주인에게 물었다.

"팔지 않습니다."

주인의 소장품이었다. 그러고 보니 스웨터 아래에 작은 글씨로 적힌 문구가 보였다. '이 스웨터는 영국에서 시작된 것으로…'

주인이 영국의 한 구제숍에서 구입해 인테리어용으로 사용하게 된 스웨터에도 행운이나 불행으로부터 시작되는 사연이 담겨 있을 것이다….

이야기는 케이트의 외할머니인 레아에게서 시작된다.

레아는 오랜 세월 창문을 내는 일을 했다. 그녀는 창문이 없는 집을 찾아가 창문을 만들어주는 사람. 한번은 그녀가 한 눈먼 이의 집을 찾아갔다. 그 집에는 눈먼 사람 대신 귀먹은 사람이 살고 있었는데, 눈먼 사람을 저세상으로 떠나보낸 사람이었다. 그 사람에게는 새 한 마리 그리고 고양이 한 마리가 있었다. 고양이는 보이지 않는 사람이 거둔 것이었고 새는 들리지 않는 사람이 거둔 것이었다. 레아는 기쁨이 보이지 않고 슬픔이 소리 없이 잠식하고 있는 그 집의 두꺼운 벽을 뚫고 창문을 내어준 후에 보이는 사람과 함께 창을 열어 새를 날려 보내고 고양이를 얻어왔다. 그 고양이의 원래 이름은 안나였으나 레아는 그 고양이를 히마라고 불렀다. 눈이라는 뜻이었다. 어느 날 레아는 눈의 기쁨을 위해 창문을 내는 일을 멈추고 옷을 짓기 시작했다. 털실과 벽난로가 필요한 일이었다. 훗날, '레아의 스웨터'라고 불리게 되는 레아의 옷에는 창이 있고 굴뚝이 있고 눈이 있고 고양이를 위한 긴 소매가 있었다. 올이 잘 풀리는 것이었다.

가끔 스웨터는 입는 것이 아니라 펼쳐놓고 보는 것만으로도 풍족하다.

어릴 때 엄마가 털실로 떠주는 옷을 좋아했다. 매년 겨울마다 하나씩 떠주면 좋겠다고 생각한 적도 있었다. 앞판과 뒤판의 연결이 살짝 맞지 않기도 했고 애써 넣은 다이아몬드 모양은 제각각이었지만 바로 그 때문에 그 옷은 어디에서도 볼 수 없던, 유일

한 것이었다. 팔지 못하는 옷은 그 팔 수 없음으로
해서 값어치 있어지기도 한다.

　　당신이라면 당신의 아란 스웨터에 어떤 실수를
넣을 텐가.

맥시 스웨터maxi sweater

체형에 불만 없이 살았다. 살이 크게 찌지 않았고 살을 크게 빼지 않으면서 살아볼 만했다. 한 살 두 살 나이 먹는 사이에 팔다리는 가늘어지고 복부에만 살이 늘어갔지만 그럭저럭 견딜 만하다고 믿었다. 그러나 때가 왔다. 고무줄 바지의 편안함을 알아버렸다. '밴딩 팬츠'를 안 입는 사람은 있어도 한 번만 입는 사람은 없다.

건강검진에서 복부비만 위험이라는 진단을 재차 받았다.—복부비만 위험 진단을 안 받는 사람은 있어도 한 번만 받는 사람은 없다.—건강검진은 대체로 오장육부의 건강을 확인하는 일이나 오장육부에 큰 문제가 없음을 안 뒤에도 내장비만 위험, 음주 빈도 위험 같은 경고성 진단은 계속해서 정신적 타격을 입힌다. 아끼며 살았다고 생각하던 몸이 어느 날 고해의 신호를 보내올 때 비로소 똑바로 보게 된다. 들어가야 할 데는 나오고 나와야 할 데는 들어간 몸의 난처함을.

지금까지 그리고 앞으로도 살 때문에 인생의 희비를 느끼며 살지 않으리라 다짐한들 옷 앞에서 몸은 진술해진다. 내가 지금 고른 옷이 내가 지금 사는 몸이다. 옷은 많은데 입을 만한 옷이 없어, 라는 말은 그러니까 이런 말을 에둘러 하는 것이다.

'부지불식간에 체형에 변화가 있었습니다.'

차츰 배가 나오고 살이 쳐지자 옷맵시가 달라졌다. 한눈에도 그게 보였다. 내 눈에 보이면 남의 눈에도 보이는 것. 괴상한 자괴감에 빠졌다. 늙어가는 남자에게 찾아오는 올챙이배는 꽤나 씁쓸한 알람이었다. 내 몸을 긍정하는 것이 내 삶을 긍정하는 첫걸음이라는 순전한 사실을 있는 그대로 받아들였으나… 역시, 그랬다. 한순간이었지만 술이 줄었고 야식도 줄었고 군것질은 거의 하지 않았다. 건강해졌다. 뱃살이 정리되는 기분이라기보다는 내장비만이 빠지는 기분이었다. 에이, 설마? 그래, 설마. 오랫동안 잊고 지냈던 내 몸이 느껴졌다. 무겁다 이전에 가볍다가 있었음을.

지금은, 다시, 이 정도면, 하고 밴딩 팬츠를 입는다.

결혼과 직장생활과 임신과 출산과 육아를 거치며 체형이 변한 친구들이 많다. 다들 나잇살이라고도 부르고 술살이라고도 부르고 자주 붓기라고 위장하기도 하지만 다 '먹고사니 살'이다.

입는 옷이 먹으며 사는 옷이다.

이제 둘도 없는 고무줄 바지 예찬론자가 된 위

킹맘 보라는 더는 꽉 끼는 옷을 입지 않는다. 엄마가 되어서야 왜? 누구 때문에? 그동안 불편을 감수하는 옷을 입고 살았는지를 깨친 게 아니라 살며 제 자신, 제 몸을 받아들이게 된 것이리라. 그렇게 생각하면 나의 올챙이배는 얼마나 유쾌한 성숙의 신호인가.

모름시기 패션 피플이란, 체형을 커버하는 옷과 체형을 드러내는 옷을 때마다 잘 선택하는 자이다. 그러나 그런 패션 피플들도 맥시 스웨터 앞에서는 자주 난감해진다. 맥시 스웨터만큼이나 잘 못 입으면 통짜, 민짜로 변해버리는 옷도 없기 때문. 그러나 또한 진정한 패션 피플이란 옷 앞에서 '사연'을 주저하지 않는다.

언젠가 친정엄마가 서랍장 속에 잘 개켜놓은 투피스 치마를 꺼내 자신의 몸에 대보았다가 엄마의 몸이 떠올라 눈물을 쏟았다는 '패션 피플' 지수의 얘기가 떠오른다. 지수라면 맥시 스웨터를 앞에 두고 친정엄마에게 이런 패션 코디를 권해줄지도 모를 일이다.

타이트하게. 길이는 짧게. 붉은색에 노란색 물방울 무늬를 넣은 맥시 스웨터에 빨간 하이힐, 노란색 액세서리로 포인트를 줄 것.

페어 아일 스웨터Fair Isle sweater

지난 추석 때 일이다. 명절을 쇠고 귀경하는 버스에서 학창 시절 잠시 교제하다 그만둔 이를 만났다. 십수 년 만이었다. 첫사랑은 아니었으나, 첫 연애 상대였던 그이는 버스 앞쪽에 앉고 나는 버스 뒤쪽에 앉았기에, 그이는 나를 볼 수 없고 나는 그이를 볼 수 있었다. 지나간 연애의 거리가 응당 그러해야 하듯 우리는 간격이 아니라 시간을 두고 떨어져 앉은 셈이었다.

무어리시(moorish)로 무늬를 넣어 짠 스웨터에 패치 장식이 있는 갈색 데님 팬츠를 입은 그이는 자연히 나이 먹고, 크게 변한 것은 없으나 그 시절 아름다움은 저 멀리 보내고 어느덧 주름이 하나둘 보이는 얼굴. 차창에 머리를 기대고 있었다. 그 얼굴에 노동으로부터 얻은 고단함과 삶의 지루함, 짧은 기쁨과 긴 슬픔 같은 것이 자리 잡고 있었다. 잡목과 수풀이 우거진 얼굴. 사람은 누구나 자신도 모르는 사이에 제 얼굴을 자기 삶의 풍경으로 삼는다. '저이 역시 늘 꽃 같은 세월을 보낸 건 아니겠지….' 어렴풋이 떠오르는 말이 있어, 그이의 얼굴 대신 추수가 끝난 가을 들판을 보았다.

─그러시게, 송편에 음복은 하셨습니까?

넌지시 아는 체하고 싶었으나 하지 않았다. 어

떤 이야기는 하는 것이 아니라 하지 않는 것으로 남아 있을 때 진전되기도 한다. 세월이 지나 첫사랑을 다시 만났다는 사연이 대체로 허허실실 뒷걸음질 치다 끝나는 건 다 그만한 이유가 있어서다. 미숙하게 끝난 풋사랑의 대상과 재회할 때 깨지는 건 환상이 아니라 이야기다. 우리는 그때 그 처음의 얼굴로 영원히 돌아갈 수 없고 그리하여 우리의 얼굴은 고개 숙인다. 삶의 이야기는 그렇게 무르익어가는 것.

버스 안에서 바라보는 버스 밖 풍경은 늘 그리움 쪽에 가 있다. 그 그리움의 대상이 무언지 어렴풋이 알기도 하고 모르기도 하면서 버스에서는 마냥 어떤 애잔한 감흥에 젖는다. 고향으로 가거나 고향을 떠나오는 시외버스는 오죽할까. 고향으로 가까이 가면서 확인하는 그리움이 있고 고향에서 멀어질수록 차오르는 향수가 있다. 전자가 부모, 내가 태어난 곳, 태초에 대한 그리움이라면 후자는 누군가, 어떤 곳, 어느 때에 대한 그리움이 아니라 나, 나의 깊은 곳, 죽음에 대한 것으로 뻗어나간다. 죽음에의 향수는 비관적이라기보다는 비극적이다. 비극의 아름다움은 그것으로부터 정화가 시작된다는 것이다. 울음이 많은 사람이 웃음이 많은 사람보다 순정하다. 학창 시절 내가 웃음이 많고 그이가 울음이 많았는지 잘 기억나지 않는다.

추석에 귀향을 서두르는 사람이 있고 추석에 귀경을 서두르는 사람이 있다. 추석에 고향으로 내려가 만나야 할 사람을 만나는 사람이 있고 만나지 못할 사람을 만나고 싶다 마음먹는 사람이 있으며, 추석에 우연히 처음으로 연애한 고향 친구를 보게 되는 사람이, 그때와 변함없이 자기를 바라보는 그 사람을 보지 못하는 사람이 있다. 그리움에 농도가 있다면 어떤 이가 더 짙고 어떤 이가 더 옅은 것일까. 가을에 이런 생각을 하는 사람 있다면 그 사람을 시인이라 부르면 된다.

그이가 뒤 한번 돌아보지 않고 버스에서 내리고, 저만치 가는, 그이 손에 들린 분홍색 보자기로 싼 보따리를 보며 올 추석도 무사히 지나갔구나, 속으로 되뇌어보았다. 불현듯 '홍옥'이라는 제목으로 시를 하나 적어야겠다는 마음이 생겼다. 추석에 그 맛있는 음식들을 밀쳐두고 괜스레 물에 만 흰밥 위에 오이지 하나를 얹어 술술 떠먹고 싶은, 그 알 수 없는 심사로 시작할 수 있으리라. 이번 추석에는 고향에서 만나고 싶은 사람이 없다. 만날 사람은 있을 것이다. 쓸쓸한가, 그게 평온한 것이다.

집업 스웨터zip-up sweater

가을, 제주에 왔다.

어제까지는 선풍기가 필요했는데 오늘은 난방기가 필요한 정도로 기온이 뚝 떨어졌다. 변화무쌍한 섬의 날씨. 서울로 돌아갈 때까지 입을 일이 없을 것 같던 검정색 집업 스웨터를 꺼내 입었다.

일찍 나와 게스트하우스 앞 다방에 앉아 계절에 관해 생각 중이다. 제주라서 가능한 일이라기보다 생활의 속도를 잠시 달리해서 가능해진 일이다. 오늘 아침에는 새치 한 가닥을 뽑았다. 깊구나, 가을이.

아침 다방은 한산하다.

다방 유리창으로 내다보이는 풍경은 흔들리는 것. 바람이 짙다. 바람이 짙은 날 섬에서는 말이 줄어든다. 말없이 따뜻한 차를 홀짝이고 창밖을 내다보고 얇은 책 한 권을 읽는다. 어제와 달라진 다방의 선곡에 귀를 기울이다 보면 이때다 싶게 사람이 보인다. 섬이라서 가능한 일이라기보다 계절이 흘러가는 속도에 잠시 보폭을 맞춰서 가능해진 일이다. 창에 샤오바오라고 적힌 음식점의 홍등이 켜졌다. 돌연 창밖의 풍경이 이국적으로 바뀌었다. 캐리어를 끌고 일찍부터 게스트하우스를 나서는 이들의 모습이 달리 보였다. 어제는 가을볕을, 오늘은 가을바람을 알뜰히 챙기는 사람들.

뜨끈한 국물에 쫄깃한 면발이 생각나는 아침
이다.

다방으로 드나드는 사람들의 옷차림이 어제와
는 크게 달라졌다. 내 맞은편에 앉아 뜨거운 커피를
마시고 있는 이는 베이지색 톤에 핑크 줄무늬가 가로
로 들어간 니트 스웨터와 찢어진 청바지를 입고 있
다. 갑작스러운 더위와 추위에 갈팡질팡한 게 분명한
옷차림이다. 저이는 이곳에 사는 이가 아니라 이곳에
머무는 이일 것이다. 어제는 찢청, 오늘은 니트.

방금 연인으로 보이는 이와 다방으로 들어온
사람은 흰색 롱 셔츠 위에 검은색 스웨터, 검은 슬랙
스 팬츠를 입었다. 세미 정장 느낌이 물씬 난다. 여
행을 온 이가 아니라 관광을 온 이의 옷차림이다. 여
행지에서는 이런 선입견이 생기기도 한다.

여행지에선 사람이 자꾸 보인다.

코끝은 차갑고 목은 따뜻한 옷을 입고 앉아 때
때로 지퍼를 목 끝까지 올렸다 가슴께까지 내렸다
하면서 무심히 창밖을 보다가 유리창에 비친 나를
볼 때, 들켰다는 기분이 든다. 무엇에, 무엇을 들킨
걸까.

세 사람이 다방을 빠져나갔다. 그러나 다방은
다시 적막해지지 않는다. 사람이 머물다 사라진 곳

은 아주 잠시일지언정 온기가 머무는 법. 이 섬에서, 이 섬의 외진 곳에서 다방을 열고 닫으며 하루를 보내는 이가 견디는 시간은 어떤 온도를 가지고 있는 걸까. 다방 주인장의 얼굴을 가만히 쳐다보았다. 같은 색 후드와 모자를 입고 쓴 이의 양쪽 구레나룻부터 목까지—아마도 목을 지나 가슴을 지나 손목에까지—문신이 새겨져 있다. 문신은 자유로운 것일까, 자유롭기 위한 것일까.

다방의 주인도 때때로 자신을 비추는 유리창을 바라보다가 생각할 것이다. 들켰구나.

쳇 베이커의 트럼펫 연주가 흘러나온다.

깊구나, 가을이.

집업 스웨터의 지퍼를 끝까지 올려 채웠다. 다방으로 새로운 여행객이 들어선다. 칼하트 모자에 청남방, 군청색 카디건 스웨터에 생지 데님, 반스 운동화, 큼지막한 배낭. 한눈에 보아도 동쪽에서 서쪽으로 가는 이다. 동쪽은 거칠고 서쪽은 부드럽다. 동쪽은 달리고 서쪽은 걷는다. 동쪽은 날뛰고 서쪽은 차분하다. 여행의 방향을 정하는 일은 사람의 심성을 드러내기도 하는 법. 그뿐인가. 기온에 맞춰 스스로 골라 입는 스웨터 한 벌이 나는 어떻게 계절을 사는 사람인가를 드러내기도 한다.

이 계절에 드러나기를 원하는 사람. 이 계절에 묻어가길 원하는 사람. 이 계절에 떠나고 싶은 사람. 이 계절에 머물고 싶은 사람. 그런 사람들이 입는 스웨터는 모두 다 다른 계절적 감각을 가졌다. 그러나 찬바람이 불면 누구나 스웨터 생각이 난다.

스웨터의 계절이다. 섬과 다방과 잠시 머물다 떠나는 사람과 계속해서 그곳에서 여행객을 기다리는 사람. 그리고 그곳에서 우연히 만나 같이 섬을 일주하고 헤어지는 사람들의 대화.

"깊죠?"
"깊네요."

두 사람이 보온을 위해 챙겨 입은 옷.
여행지에서는 사연을 만들 만한 옷을 한 벌씩 꼭 챙길 것. 그런 옷으로 스웨터만 한 것이 없다.

앙고라 스웨터angora sweater

오늘은 비자나무 숲을 걸었다. 숲을 걸어본 지가 얼마 만인지, 감탄했다. 숲이 주는 경탄은 대부분 응집에서 오는 것이었다. 굴곡을 가진 나뭇가지와 돌에 낀 이끼, 고사리 군락, 넓게 직조된 거미줄과 땅에 수북이 쌓인 잎, 숲 곳곳에 생겨난 숨골까지. 숲은 시간의 응집으로 충만했다. 차곡차곡 쌓인 시간 앞에서 인간의 시간은 자연히 사소해지고 그 티끌로서의 자각을 통해 인간은 감탄에 이른다. 자연 앞에서의 경이는 보이는 대상이 아니라 대상을 보는 행위에 대한 인식에서 시작된다. 조용해진다. 침묵은 경이를 표현하는 최선의 방법이다.

말끔히 조성된 탐방로를 따라 묵묵히 걷자니 한 시간이 슬쩍 지나갔다. 한 시간 동안 말하지 않는 경험은 훌륭한 것이었다. 말해야지만 생겨나는 이야기가 있고 말하지 못할 때만 생겨나는 이야기가 있다. 섬에서는 후자에 가까운 이야기들이 많다.

침묵을 생활화하기 위해 수련하는 사람을 알고 있다. 명신은 오래전부터 섬에 살았다. 섬에 살며 명신은 물질을 했고 종교를 가졌다. 명신의 삶을 이야기하자면 길고 이야기하지 않으려고 하면 짧다. 지난 삶을 돌이켜보면 명신에게 남은 건 역시 물질과

종교뿐이었다. 팔다리가 긴 자식이 하나 있었으나 팔다리가 길어서 명은 짧았다.―명신은 진짜 그렇게 믿었다.―명신은 아침마다 그 자식을 위해 뜨신 밥을 퍼서 부엌에 두었는데 그 세월이 자식이 산 세월보다 오래였다. 자식이 떠나고 그 충격으로 명신의 오른쪽 눈이 멀었을 때, 사람들은 명신에게 굿을 권했으나 명신은 종교를 가졌다. 명신은 신을 믿는 대신 사상이 있던 자식이 어딘가에서 잘 살고 있으리라 믿었고 빌었다. 어느 날부턴가 형제, 자매님들은 명신을 비비안나라고 불렀다.

비비안나는 평소에 무채색 옷을 즐겨 입었다. 비비안나에게 옷은 본디 자연으로부터 몸을 보호하기 위한 것이므로 옷의 천연함은 자연에 수긍하는 것이었다. 그런 비비안나가 이번 여행을 맞아 붉은 꽃송이가 무늬로 들어간 스웨터를 고른 건 얼마 전 시청했던 텔레비전 프로그램 덕분이었다. 남편도 없고, 자식들도 다 자립시킨 늙은 사람들이 남해에 모여 한집에 사는 다큐멘터리였다. 비비안나는 다큐멘터리를 보며 몇 번이나 혼잣말로 되뇌었다.

"고와마시."

비비안나에게 꽃무늬 스웨터는 오랜 세월 입을 수 없는 옷이었다. 비비안나는 말이 없는 사람이 아니었고 말이 점차로 사라진 사람이었다. 누군가 명신, 비비안나의 삶을 한마디로 정리한다면 숨을 오래 참은 사람이라 하겠으나 명신, 비비안나가 자신의 삶을 한마디로 정리한다면 참 오래도 참았네, 라고 할 것이다.

숲을 거의 다 빠져나왔을 무렵이었다. 오래된 비자나무 주변에 앉은 한 무리의 '색깔 있는' 사람들이 보였다. 단체로 관광을 온 이들 같았다. 최첨단 등산복을 입은 사내들 사이에 색색의 옷을 걸친 할머니들이 오붓이 모여 있었는데, 보아하니 두 할머니가 비자나무에 등을 퉁퉁 부딪치면서 시원해하는 중이었다. 그 광경을 조용히 바라보고 있던 한 할머니와 눈이 마주쳤다. 유약해 보이는 기골이었으나 강인한 눈빛이었다. 만들어진 것이 아니라 만든 것 같은 인상이었다. 할머니의 상의에 달린 명찰에는 비비안나라고 적혀 있었다.

비자나무 숲에서 멀어지는 가운데에도 비비안나라는 이름이 쉬이 잊히지 않았다. 비비안나가 멋을 내기 위해 입었을 팥죽색 앙고라 스웨터는 신기하게도 언젠가 어디선가 본 적 있는, 할머니라면 누구나 입고 있는 할머니들의 스웨터였는데도.

할머니들이 입는 할머니 스웨터는 적확한 것일까, 적중한 것일까.

누가 입어도 찰떡같이 할머니 쉐타 입었네, 라는 소리를 듣게 되는 옷. 그런 옷을 꼭꼭 챙겨 입는 아직 할머니가 되지 않은 이의 심사는 어떤 말을 간직하고 있는 걸까.

시간이 응집되어 특별해지는 공산품에 관해 생각해본다. 그런 공산품을 일러 부르는 말에 관해서. '할머니 쉐타'라는 말을 들을 때마다 내가 느끼곤 하는 묘한 향수는 어디에서 연유하는 것일까.

살며 할머니를 가져본 적이 없다. 이상한 말이다. 할머니란 부러 가질 수 있거나 가질 수 없는 것이 아니니까. 그런데도 종종 할머니가 곁에 있던 삶이었다면 좋았을 것이라는 생각을 한다. 할머니를 통해 이야기를 배웠다는 소설가와 할머니를 통해 침묵을 배웠다는 시인을 친구로 두고 있다.

숲에서 하루를 보내고 어둑어둑해진 얼굴로 집으로 돌아와 벽장에서 잠이 드는 할머니에게서 듣는 세상사는 얼마나 침묵하기 좋은 것일까.

비자나무 숲에서 비자나무 열매 세 개를 주워왔다. 하나는 썩었고 하나는 벌어졌으며 하나는 아직 입을 꾹 다물고 있다.

비비안나도 괜히 열매를 주웠을 것이다.

터틀넥 스웨터turtleneck sweater

스웨터가 유발하는 가려움 때문에 스웨터 입기를 꺼리는 사람들이 많다. 나 역시 터틀넥 스웨터를 즐겨 입지 못한다. 가려움이 심해서다. 그러나 내게 터틀넥 스웨터는 다 알면서도 입게 되는 옷이다. 보면 입고 싶고 가려움쯤 참으면 그만이라는 생각을 하게 된다. 알레르기성 비염을 달고 살면서도 고양이를 기꺼이 키우는 심정이 옷에게도 생기지 말란 법 없다.

터틀넥 스웨터 한 벌을 사기 위해 친구와 한 편집숍에 들렀다. 본격적인 겨울이 시작되려면 아직 한참 남았는데도 가게 안에는 도톰한 겨울옷들이 꽤 많이 진열되어 있었다. 여름옷을 살 때는 얼마나 시원할까 잘 생각하지 않는 편인데, 겨울옷을 살 때면 얼마나 따뜻할까를 먼저 고려하게 된다. 늙어서 그런가, 그렇다면, 그런 거다.

워낙 추운 곳에서 나고 자라서—철원은 대한민국에서 가장 빨리 추워지고 가장 늦게까지 추운 곳이다—서울의 겨울 추위쯤은 우습게 여긴 적이 있었다. 겨울에도 가끔 찬물로 샤워하기도 했다. 해본 사람은 알겠지만, 겨울 찬물 샤워는 의외로 무척 상쾌한 기운을 전해준다. 그러나 서울에 오래 살다 보니 고향 체질은 다 사라지고 이제는 초겨울 추위에도 몸을 바들바들 떤다.

스웨터는 참 추위를 예상하게 하는 옷이다. 바람을 막아 목의 보온에 힘써주는 옷인 터틀넥 스웨터는 어느 모로 보나 실용적인 옷에 가깝다. "어디서 그렇게 거지 누더기 같은 옷을 샀어?" 자주 얘기하던 어머니도 터틀넥 스웨터 앞에서만큼은 늘 "따뜻한 거 잘 샀네."라고 말했다.

그렇다고 해도 터틀넥 스웨터를 고를 때 미적으로 고려해야 할 것이 전혀 없는 건 아니다. 거북의 목을 닮아 붙여졌다는 이름에서도 알 수 있듯, 터틀넥 스웨터는 입는 사람의 목 길이에 따라 태가 확연히 달라지는 옷이다. 목이 길면 하이넥, 목이 짧고 굵으면 하이넥보다는 하프넥이 좋다는 패션 전문가의 조언도 쉬이 찾아볼 수 있다.

옷을 잘 입는 요령이란 본디 자기 몸을 잘 이해하는 것이다. 체형을 고려하지 못해서 "저 예쁜 옷을 입고도 어쩜 저렇게 안 예쁠 수가 있지."라는 안타까움을 자아내는 경우가 많다. 나에게도 그런 일이 적지 않았다. 희한하게도 그런 건 꼭 옷을 사고 나서야 보인다는 거다. 살 땐 죽어도 모른다.—쇼핑 친구의 주된 임무는 사라는 추임새지만, 결정적인 임무는 사면 후회한다는 경고다.—바라볼 땐 그렇게 예쁘던 옷이 입고 나면 영 아닌 옷이 되어버리는 경우가 많다. 그런 이유로 많은 이가 옷을 살 때면 언제나 안전한 선택을 한다.

한참 옷을 구경하던 친구가 이 옷 저 옷을 몸에 대어보더니 마침내(!) 이번에도 검정색 무지 스웨터를 골랐다.

－교복인가?

묻자

－교복만 한 게 없지.

대답했다.

교복처럼 옷을 입는 사람이 있다. 담담한 사람이지만, 심심하기도 한 사람. 그런 사람은 적재적소에 마침표를 잘 찍는 사람이지만, 어딘가 쉼표가 부족한 사람처럼도 보인다. 돌이켜보면 숨 막히던 교복에도 수선의 기술을 발휘하던 우리가 아닌가.

물론, 나는 교복을 고쳐 입을 만한 용기가 없던 사람이었다. 대신, 회색 교복에 'Gag'에서 나온 주황색 로퍼를 신거나 흰색 베네통 숄더백을 멨고 교복 와이셔츠 안에 (목 부분만 있는) 휠라 목폴라를 입었다. 소심하게 대범했다고 할까. 교복을 벗으면 더 담대해져서 그 시절 반짝 유행했던 나팔바지를 읍내에서 (아마도) 처음으로 입은 이가 나였고, 수학여행이나 소풍 때 모두 흰 티셔츠에 청바지를 입는 가운데에서도 생지 청바지를 가위로 싹둑 잘라 입고 아빠 구두를 챙겨 신었다. 그러니까 옷을 잘 입는 데 가장 주된 걸림돌은 체형이지만 결정적인 걸림돌은 겁먹음이다.

–그럼, 스카프라도 하나 하자.
친구에게 말했다.
몇 차례 고뇌를 거듭하는 친구에게 기어이 에스닉 패턴이 프린트된 트윌리 스카프 하나를 매게끔 했다(지금이라면 골든 메달 목걸이를 걸게 하고 싶다). 친구에게 물었다.

–너는 어떤 학생이었어? 맨 첫째 줄? 맨 뒷줄?
–중간.

때때로 엄마의 가죽 하프코트를 걸치기도 하고 누나가 'Enc'에서 산 여성복 상의를 입고 서울로 나들이를 가기도 했던 나는 맨 첫째 줄에 앉았다.
맨 뒷줄에 앉던 누나는 한겨울에도 프렌치 스웨터에 체크무늬 핫팬츠, 롱부츠를 신었다. '구르뽕'

으로 앞머리를 하늘까지 띄웠음은 물론이다(누나는
그렇게 어린 나이에도 인생을 즐겼다).

중간.

터틀넥 스웨터는, 스웨터 교실에서 맨 첫째 줄
의 옷일까, 맨 뒷줄의 옷일까. 그도 아님 중간?

틸던 스웨터Tilden sweater

『아무튼, 피트니스』(류은숙, 코난북스, 2017)를 읽었다. 동지를 만난 기분이었다. 더는 피할 수 없어서 운동을 시작하는 한 사람의 이야기는 정말이지 누구나의 이야기! 그러나 한편 '이러다 죽습니다.'라는 소리를 듣고서야 운동을 시작했다는 부분에서는 나도 모르게 안심했다. '아직 이 정도는….' 그러니까 이런 이야기는 인제싸시고 흥미로울 수밖에 없다. 나에게는 아직 오지 않았으나 곧 도래할 고통의 이야기는. 우리는 늘 죽음에 관한 이야기에 매혹된다. 그러나 지금부터 할 얘긴 사는 얘기다. 운동은 살고자 하는 행위 중에서도 가장 동적인 행위에 속한다. 아닌가?

나도 운동하며 산다.

최근에는 하루 15분 맨손체조를 한다. 코웃음 칠 당신이 눈에 선하다. 그러나 맨손체조를 하는 몸과 맨손체조를 하지 않는 몸은 하늘과 땅 차이, 라고 나는 우겨볼 수 있다. 왜냐하면 매일 15분을 똑같은 행위에 투자하는 게 결코 쉬운 일은 아니기 때문이다. 쉬운 일이 아닌 걸 해내는 몸은 뭐가 달라도 다른 몸. 여하튼 집에서 혼자 맨손체조를 하자니 별도로 필요한 게 거의 없다. 잠옷을 입고 운동하면 운동과 취침을 동시에 진행할 수 있다….

그러나 요즘은 운동의 3요소로 트레이닝복을 꼽는 이들이 많다. 운동복이 운동을 만든다는 주장. 종종 어떤 이는 운동복이 운동을 만드는가 아닌가, 고민되어 이런 사연을 라디오에 보내기도 한다.

'운동복은 헬스 시작 전에 사야 할까요, 헬스로 몸을 만든 후에 사야 할까요?'

최근에는 운동복을 평상복에 접목하여 활용하는 패션도 심심찮게 눈에 띈다. 아디다스 운동복 하의에 하늘색 티셔츠, 헐렁한 브이넥 스웨터를 걸쳐 입는 사람의 멋은 자연스럽다. 상의와 하의를 주황색 운동복으로 통일해 입고 큼직한 점퍼를 입은 사람의 멋은 예스럽게 현대적이다.

오랫동안 사랑받는 운동복이 많다. 이제는 전 세계적으로(?) 알려진 등산복 패션이나 빨, 주, 노, 초로 맞춰 입은 이들도 심심찮게 보였던 노스페이스 패딩, 요즘엔 운동부 벤치를 연상케 하는 롱 패딩도 유행이다. '테니스룩' 역시 그중 하나다.

여름 테니스룩의 대표 아이템은 피케 셔츠. 피케 셔츠는 프랑스 출신의 테니스 선수 르네 라코스테가 자신이 디자인한 피케 셔츠를 입고 대회에 출전하면서 대중에게 눈도장을 찍었다. 낯익은 이름이라고? 맞다. 그는 이후 자신의 이름을 딴 브랜드 '라코스테'를 론칭, 피케 셔츠를 대중적인 일상복으로 만들었다.

워킹타이틀이 2004년 제작한 영화 〈윔블던〉은 여름 테니스룩이 주는 청량함을 느끼기에 그만인 영화다. 화이트 피케 셔츠와 테니스 반바지와 스커트, 흰색 단화는 폴 베타니와 커스틴 던스트의 미소를 더없이 싱그럽게 했다. 그뿐인가. 웨스 앤더슨 감독의 영화 〈로얄 테넌바움〉에서 보브컷의 기네스 펠트로를 더 기묘하게 만든 것 역시 라코스테의 폴로 원피스였다.

르네 라코스테가 피케 셔츠를 '히트제품'으로 만들었다면, 자신의 이름을 옷에 새긴 테니스 선수도 있다.

전설적인 테니스 선수 틸던은 부유하고 한가한 젊은 남성들의 스포츠라고 여겨지던 테니스의 이미지를 강인한 운동 경기로 바꿔놓은 사람이다. 그는 여러 번 세계선수권대회에서 우승했고 그 명성으로 인해 많은 이들이 그의 스타일을 따라했다. 팔꿈치까지 걷어 올린 셔츠와 플란넬 바지, 브이넥 스웨터 등이 대표적이었는데, 이후 틸던이 입던 스웨터가 '틸던 스웨터'로 불리게 된 것이다.

테니스 스커트와 피케 셔츠 그 위에 걸치는 브

이넥 스웨터는 절묘하게 동적인 것과 정적인 것을, 힘찬 것과 유약한 것을 결합해놓은 복장이다. 마치 테니스 경기가 그러한 것처럼.

피케 셔츠나 틸던 스웨터, 테니스룩에 관해 이야기하다 보면 이렇게도 얘기는 뻗어나간다.

틸던이 테니스의 이미지를 바꿔놓았다면 테니스의 역사를 바꿔놓은 선수도 있다. 빌리 진 킹이다.

빌리 진 킹은 미국의 프로 테니스 선수로, 열두 개의 그랜드슬램 단식 타이틀과 열여섯 개의 그랜드슬램 복식 타이틀, 그리고 열한 개의 그랜드슬램 혼합 복식 타이틀을 갖고 있다. 1973년, 그녀는 전 윔블던 우승자인 남자 선수 바비 릭스와의 성 대결 경기에서 승리하기도 했다.

빌리 진 킹은 최초로 커밍아웃한 여성 운동선수이며 이후 테니스계의 성차별에 반대하며 여자 테니스 협회(WTA)와 여자 스포츠 연맹(WSF), 월드 팀테니스 등의 단체를 설립했다.

학창 시절에 운동을 잘 못했다.

학창 시절에 운동보다는 운동복이나 운동화에 관심이 많았음은 물론이다. 어떤 '남자아이'들은 그런 쪽으로 관심과 재능이 폭발한다. 축구보다는 축

구화에, 농구보다는 헐렁한 민소매 패션에, 테니스보다는 피케 셔츠와 반바지, 프레드페리 스니커즈에 더 마음이 동했다. 그러나 곰곰 떠올려보면 학창 시절에 운동을 제대로 할 기회가 있었나 싶다. 내가 만났던 거의 대부분의 체육 선생들은 남자는 자연히 운동하기 위한 몸으로 태어나 운동하며 크는 사람이라고 여기는 이들이었다. 반대로 여자는 운동하는 몸이 아니라 응원하는 몸으로 태어났다고 여겼다. 체육을 시작하기 전에 체육을 못한다고 놀림 받았고, 체육을 시작하기 전에 체육과 어울리지 않는다고 배제당하기 일쑤였다. 그런 환경에서 체육이 재미있을 리 없었다.

최근 한 초등학교 교사가 여학생들은 왜 운동장을 사용하지 못하는가에 대한 의문을 제기하며 초등학교에서의 페미니즘 교육의 필요성에 대해 이야기한 후에 온갖 고초를 겪는 일이 있었다. 어떤 '여자아이'들은 드리블과 리바운드와 슛, 블로킹 쪽으로 관심과 재능이 폭발하기도 한다. 우리에게 위대한 여성 운동선수들의 역사가 더 필요한 이유이기도 하다. 죽을 고비를 넘기기 위해 피트니스를 시작한 여성 인권활동가의 운동 이야기는 또한 얼마나 배울 게 많은 것인가!

어떤 옷 한 벌, 어떤 룩에 얽힌 이야기를 살펴보는 것은 이렇게 긴 시간과 그 안의 사연들을 살피는 일이 되기도 한다.

코티지 인더스트리 스웨터cottage industry sweater

코티지는 '시골집' 또는 '작은 집'이란 뜻으로, 코티지 인더스트리 스웨터란 시골 작은 집에서 차근차근히 짜여진, 짜인 듯한 스웨터를 말한다. 뜨개질로 스웨터의 소박한 느낌을 살리면서도 현대적으로 디자인하여 1980년대 뉴욕을 중심으로 사랑받았다. 지금도 빈티지 아이템 중 하나로 인기를 얻고 있다.

엄마도 남대문이나 광장시장의 빈티지 스웨터를 좋아했다. 엄마의 구제 사랑은 남다른 것이었다. 엄마는 지금도 서울에 올라올 때면 어김없이 구제 옷을 구경하기 위해 시장에 간다. 엄마의 말에 따르면, 잘만 고르면 싼값에 품질 좋은 제품을 얻을 수 있다고 한다.

엄마는 구제 마니아답게 '가성비' 좋은 아이템을 척척 잘 골라 샀다. 그렇게 산 옷 중의 상당수가 스웨터와 외투였다. 스웨터는 생각보다 고가의 옷이고 무엇보다 손이 탈수록 예쁘니까. 손이 잘 타서 적절히 세월의 태가 묻은 랄프 로렌, 타미힐피거의 스웨터는 지금에 와 훨씬 현대적인 아이템으로 느껴진다. 엄마는 그중에서도 짜임이 다소 성긴, 수작업 느낌이 물씬 나는 북유럽풍의 코티지 스웨터를 좋아했다.

엄마의 구제 사랑은 언제부터 시작된 걸까.

젊은 엄마와 아빠는 가사와 양육, 경제활동을 분담해서 생활했다. 가사와 양육은 대체로 엄마가 맡았고 경제활동은 아빠가 맡았다. 각자 자신의 일에 책임을 다했고, 때때로 엄마는 미싱 일을 하여 경제활동에도 참여했다. 아빠는 아들딸을 경양식 레스토랑으로 데리고 가 외식하는 것으로 양육에 동참했다. 둘 사이에 어떤 합리적인 선택과 결정의 과정이 있었는지 알 수 없지만, 아마도 자연히 자기들이 교육받은 대로, 어떤 고정된 성역할을 따르며 그리했을 것이다.

엄마는 가사와 양육을 도맡으면서 집 안에서 화초를 키우거나 지점토, 자수, 뜨개질 등 다양한 공예활동을 취미로 했다. 지점토로 만든 화분과 자수를 놓아 만든 병풍도 멋있었지만, 나는 무엇보다 엄마의 뜨개질 활동을 응원했다. 엄마의 뜨개질은 분명히 아주 멋진 결과물을 내게 안겨주곤 했다. 엄마의 스웨터는 그 어디에서도 볼 수 없고, 살 수 없던 유일한 것이었다. 지금은 엄마가 어떤 색으로 어떤 패턴을 넣어 스웨터를 떠주었는지 기억나지 않지만, 그 스웨터가 공산품의 그것처럼 천의무봉의 완벽함을 갖추고 있지 못했다는 것만은 생생하게 기억하고 있다.

스웨터의 앞판과 뒤판이 맞지 않아 앞의 길이와 뒤의 길이가 달랐고 색이나 패턴은 단조로웠으며, 종종 자식들이 커가는 속도에 발맞추지 못해 사이즈가 크거나 작거나 했다.

언제까지나 계속될 줄 알았던 엄마의 뜨개질은 어느 날 멈추었다. 엄마의 흥이 다른 취미활동으로 옮겨간 탓이기도 했으나, 엄마는 점차로 손목도 아프고 눈도 아프고 허리도 아프고 무엇보다 잠이 많은 사람이 되어버렸다. 엄마는 그렇게 자기 역할을 충실히 수행하며 늙어갔다. 나는 경제활동을 증명하는 아빠의 몸과 똑같이 가사노동을 증명하는 엄마의 몸을 귀하게 생각한다. 엄마의 구제 사랑은 아마도 그 가사노동의 섭리를 남편이나 자식들보다 빨리 깨달은 탓인지도 모른다. 지금에야 부러 빈티지 매장을 찾는 이들이 많다지만, 그때만 해도 남이 입던 옷을 입기란 여러모로 꺼려지는 일이었을 테다.

옷은 언제 자신의 수명을 다하는 걸까.

중국의 노동자들이 만든 옷이 세계 각지를 떠돌다가 한국의 노동자에게 오게 되는 과정을 시로 적을까 생각한 적이 있었다. 구제 옷이 교통사고로 죽은 이의 옷을 수거해 파는 것이라는 믿기 힘든 이야기에 대하여. 죽은 이의 옷이 다시 소비되는 과정

을. 대량생산된 저가의 공산품으로 연결되는 노동
자들의 사연이야 특별할 것 없지만, 오늘날 노동하
는 자들의 수명을 생각하게끔 한다. 또 누군가에게
는 수명이 다한 옷이 누군가에게는 수명이 남은 옷
이 되어버리는 이야기는 오늘날 인류의 수명을 짐작
해보게도 한다. '죽은 이의 옷을 사 입는다'는 것 자
체가 바로 인생의 아이러니.

　　어릴 때 일이다.

　　한겨울이었다. 엄마와 함께 서울 (아마도) 남대
문 구제 시장에 갔다가 한밤중 막차를 타고 들어오
는 길에 어마어마한 폭설을 만나게 되었다. 결국, 버
스는 산 중턱에 서서 오도 가도 못하게 되었다. 깜
깜한 밤에, 여기도 저기도 아닌 곳에서, 엄마와 내가
(그리고 함께 있던 승객들이) 맞이했던 눈발. 지금도
잊을 수 없는 광경이다. 눈발은 막막했으나 아름다
웠다. 그러나 그 광경을 오래 마음에 품게 한 건 이
런 장면 때문이다.

　　젊은 엄마가 나를 버스에 다시 태우고 사람들
을 피해 버스 옆에서 담배 한 대를 피우는 모습. 차
창 밖으로 보이는 엄마는 내가 알던 엄마가 아니었
다. 그때 내가 입고 있던 옷이 엄마가 떠준 스웨터였

는지, 엄마가 남대문 시장에서 사준 겨울옷이었는지는 기억하지 못한다. 그러나 그때 그 일을 떠올릴 때마다 당시 내가 입고 있던 옷이 엄마가 떠준 에메랄드빛 스웨터이며, 또한 엄마가 롱코트에 부츠를 신고 털모자를 꾹 눌러쓰고 있었다고 기억하게 된다. 엄마는 아마도 그 겨울의 일을 잊었을 것이다. 그녀 자신이 입고 있던 옷도.

이제 두 번 다시 시골집의 엄마가 떠주는 삐뚤삐뚤한 스웨터를 입어볼 수 없을 것이다. 이런 생각은 얼마나 막막하고 아름다운지.

라플란드 스웨터Lapland sweater

우표를 붙여 편지를 보낸 지 오래되었다. 우표가 붙은 편지를 받은 것도 그렇다. 지금도 우표가 나오는지조차 가물가물. 멀리 여행 가 그곳에서 이곳으로 편지를 보내리라, 마음먹곤 했지만 번번이 실패하고 말았다. 마음의 여유가 없어서라기보다는 몸의 여유가 없어서였다. 편지를 쓰는 일은 마음보다 몸을 먼저 움직이는 일이다. 안녕, 이라는 두 글자를 적는 데 무슨 마음이 그리 필요하겠는가. 그러나 안녕, 이라는 두 글자를 쓰는 데도 우리의 손목은 많은 일을 한다.

　　우체통에 편지봉투를 넣는 사람을 지나쳐 오며 생각에 빠졌다. 가을에는 어찌 이리 떠돌고 싶은가. 편지를 쓰자 싶어 편지지를 골랐다. 편지지 하단에는 다리가 그려져 있고 그 다리 옆으로 기욤 아폴리네르의 시구절이 적혀 있다. "밤이여 오라 종이여 울려라 / 세월은 흐르고 나는 여기 머무른다" 모두 마음에서 벌어진 일. 그러나 그 마음의 일 덕에 미라보 다리가 그려진 편지지에 사연을 적어 '펜팔친구'에게 편지를 띄워 보내는 얘기가 담긴 시를 한 편 썼다.

　　편지지는 늘 작고 모자라서
　　너는 할 말을 다하지 못하고

하지 말아야 할 말을 써서 보냈다
말괄량이 철부지

　며칠 전에는 성곽 옆에 있는 다방에 들러 커피 한 잔을 마시다가 라디오에서 흘러나오는 노래를 듣게 되었다. 우체국 앞에서 우연한 생각에 빠져 날 저물도록 몰랐다는 이의 모습이 담긴 노래였다. 그 사람은 책갈피에 낙엽을 꽂아두는 사람일 것이다. 가을에 낙엽을 주워 책장과 책장 사이에 끼워 말리는 자만이 아름다운 것들이 얼마나 오래 남을지, 하늘 아래 모든 것이 홀로 설 수 있을지를 생각한다. 그러나 그런 생각을 한들 삶이 크게 달라질 리 없다. 그런 생각이 쌓이고 쌓이면 단지 삶의 0.00000001초가 바뀐다. 그건 우주를 변화시키는 일이다. 거창했나? 가을에는 조심해야 한다. 훅, 하고 무언가 바람처럼 다가와 우주를 돌아보게 하는 계절이 가을이다. 겨울은 뭐 별다른가. 겨울 외투 주머니 속에 양손을 넣고 눈보라를 헤치며 걷는 일 자체가 이미 생각에 빠지는 일.

　라플란드 스웨터하면 자연히 편지나 우체국이 떠오른다. 장이지 시인의 시집 『라플란드 우체국』 때문이다. 이 시집에는 아름다운 '우편' 연작들이 수록되어 있는데, 동지(冬至) 밤에 한 편 한 편 읽을라치면 삼삼하니 좋다. 시인은 아마도 핀란드 북부 라플란드에 산타 우체국이 있음을 알았을 것이다.

세계 각지의 어린이들이 라플란드의 산타에게 편지를 보내온다. 산타가 사는 곳은 어떤 곳일까. 생각해본 직이 있는가? 산타에게 엽서를 보내본 적은?

산타가 있다고 믿고 그곳으로 편지를 써서 보내는 일이란 어쩌면 정확히 스웨터를 설명하는 일일는지도 모른다. 스웨터를 입을 때 우리는 어딘가 있을 법한 이를 향한다. 답장을 받지 못하더라도 분명 있다는 믿음으로 이미 받은 바 진배없는 마음을 갖게 되는 한 통의 편지나 엽서처럼 스웨터는 누군가 보내온 적 없으나 받은 바 진배없는 온기를 품게 한다. 스웨터 하면 자연스럽게 크리스마스 실 같은 물건이 생각나는 건 당연한 일이다.

라플란드 스웨터는 노르웨이의 어부들이 착용했던 것으로 컬러풀한 무늬 짜기가 특징인 옷. 알록달록한 마음을 담은 스웨터를 부르는 이름이 하필 산타 마을이 있는 곳의 이름과 같다는 건 과연 우연에 불과한 것일까.

라플란드 스웨터를 입는 건, 저는 지금 어린 마

음입니다만, 하고 자신의 현재 마음을 공표하는 것이다. 라플란드 스웨터를 입은 사람의 마음을 헤아릴 수 있는 이만이 라플란드 스웨터를 입는다. 물론 과장이다. 그러나 거짓은 아니다.

산타를 믿는 사람만이 라플란드로 편지를 보내고 그 마음을 믿는 모두가 그 편지를 받는다.

처음 스웨터를 주제로 글을 쓰려고 했을 때 스웨터를 직접 짜보자는 어마어마한 계획을 품었더랬다. 뜨개질 관련 책자를 찾아보았고, 털실과 바늘의 종류, 뜨개 기술에 대해서도 검색했다. 생각처럼 손쉬운 일이 아니었다. 손쉽게 포기했다. 그리고 깨우쳤다.

'아, 스웨터를 짜는 것은 편지를 쓰는 일과 같구나.'

스웨터를 짜려고 하는 이가 가장 먼저 준비해야 할 것은 털실도 바늘도 아니고 익혀야 할 것은 뜨개 기술도 아니었다. 제일 먼저 필요한 것은 '누구'였다. 누구를 위하여 뜰 것인가. 받는 이를 만드는 것. 그것이 뜨개질의, 스웨터의 처음이자 끝이었다.

많은 영화와 소설에서 짝사랑하는 이를 위해 뜨개질로 목도리나 스웨터를 떠주는 설정을 넣는 일은 그야말로 '내가 당신을 생각한 시간을 보냅니다.
당신도 나를 생각해주실까요?'라는 메시지를 정직하
게 전달하기 위해서다.

레이스 스웨터Lace Sweater

일본의 디자이너이자 '꼼데가르송'의 설립자인 레이 가와쿠보는 관습에 얽매이지 않고 계속해서 기존 것들의 해체를 시도한 디자이너로 유명하다. 레이 가와쿠보가 '소년들 같은(like boys)'이라는 뜻을 가진 꼼 데 가르송이라는 말을 쓴 것도 뭔가 특별한 의미가 있어서가 아니라, 단지 어감이 좋다는 이유 때문이다. 의미가 의미를 만들어내는 것이 아니라 무의미가 의미를 만들어냄을 증명하는 작가가 바로 레이 가와쿠보다.

레이 가와쿠보는 1982년 F/W 컬렉션에서 일명 '레이스 스웨터'라 불리는 검정색 울 스웨터를 공개하며 주목을 받았다. 올이 풀리고 구멍이 숭숭 뚫린 스웨터는 아름다움과는 거리가 먼 것이었으나 바로 그 때문에 아름다웠다. 기계가 실현할 수 없는 아름다움이란 추한 것이라는 이 역설은 빛나는 것이었다.

스웨터가 태생적으로 사람의 손으로 만들어진 옷임을 생각할 때 레이스 스웨터에 부러 구현된 '오류'는 참 적확했다. 누추한 아름다움을 표현하는 데 스웨터만 한 옷이 또 있을까.

스웨터는 쉬이 오류를 일으키는 옷이다. 세탁 방법에 따라 크기가 줄고 보풀이 생기고 구멍이 나기 십상이다. 관리하기가 쉽지 않다. 그런데 또 그

쉽사리 발생하는 오류 덕에 다른 매력이 생겨나는 옷도 스웨터만 한 게 없다. '니트뽕', '스웨터뽕'이 넘쳐나는 영국 영화를 보면 그 누더기 같은 스웨터가 순박한, 수수한 매력을 업그레이드하는 데 얼마나 효과적으로 사용되고 있는지를 알 수 있다. 그러고 보면 아름다움보다 추함이 훨씬 더 자연스러운 멋이다.

아름다워 보이기 위해서가 아니라 추해 보이기 위해서 부러 입는 옷을 통해 우리는 질문하게 된다. 우리가 그동안 너무 깨끗하고 기계적이고 아름다운 옷을 입는 데 길들여진 것은 아닌지.

스웨터는 인간이 손을 움직여 처음으로 직조해냈던 옷이 지녔던 감촉을, 그 최초의 감각을 기억하게 한다. 그렇기에 인간적인 옷을 이야기할 때 스웨터만 한 것도 또한 없다. 그래서일까, 스웨터를 입은 사람을 보면 더할 나위 없이 인간적인 느낌을 받곤 한다. 가슴 한복판에 호랑이가 포효하는 스웨터와 오른쪽 가슴 위에 작은 꿀벌 한 마리가 날아와 앉은 스웨터는, 굵은 꽈배기 패턴이 큼직큼직하게 들어간 스웨터와 얇은 다이아몬드 패턴이 야금야금 들어간 스웨터는 얼마나 서로가 다른 인간임을 알려주는 것인가.

최근에 부러 '홈'을 낸 옷들이 유행하고 있다. 밑단이 줄줄 풀린 카디건 스웨터와 구멍이 '숭숭' 뚫려 '어디 거지 누더기 같은' 스웨터가 더 멋스럽게 여겨지는 시대다. 그런 옷들이 흠잡을 데 없는 옷들보다 훨씬 더 비싼 가격에 팔리는 시대는 과연 인간적인 시대인 걸까.

　　대학 때 일이다.
　　한번은 부모가 학교 앞으로 불쑥 찾아오는 바람에 찢어진 청바지를 입고 만나게 되었다. 그때까지도 부모에게 큰 걱정을 안겨주지 않은 단정한 자식이던 나를 부모가 걱정스럽게 바라보며 "어디서 줘도 안 입을 옷을 입고 다니느냐"고 말했고, 나는 유행이니 어쩌니 하는 소리를 늘어놓았더랬다. 그로부터 며칠 뒤 부모는 옷을 사 입으라는 말 대신 그 옷 버려라, 라는 말을 전하며 통장에 몇 만원을 넣어주었다. 부모에게 옷은 가난이라는 홈을 드러내는 옷이 아니라 감추는 것이 분명했을 것이다. 우리는 부모의 세대와는 다르게 홈이 많은 삶을 살고 있는 세대인지도 모른다. 그런 세대는 그런 세대를 소비한다.

크리스마스 스웨터christmas sweater

'어글리 크리스마스 스웨터 데이'라는 날이 있다. 12월 셋째 주 금요일. 부러 우스꽝스러운 스웨터를 챙겨 입고 모여 파티를 여는 날이다. 2000년대 초반부터 시작된 이날을 기념하기 위해 외국에는 어글리 크리스마스 스웨터만을 따로 파는 곳이 있을 정도. 요즘은 제품의 종류도 다채롭고 심지어 꽤 비싼 제품들도 있다.

영화 〈브리짓 존스의 일기〉에서 다아시가 브리짓 존스를 처음 만났을 때 입고 있던 루돌프 스웨터가 어글리 크리스마스 스웨터의 표본쯤 될까. 물론 콜린 퍼스의 '잘생김'에 힘입어 그 옷은 다소 분위기 있어지긴 했으나 함께 웃고자 하는 옷이었음은 분명하다.

망가지기 위해 입는 스웨터. 누군가를 즐겁게 하기 위해 혹은 다 같이 즐거워지기 위해 그런 옷을 입을 수도 있는 때가 크리스마스라는 건 퍽 자연스러운 일이다. 크리스마스에는 누구나 기쁘고자 하고 그 기쁨 속에서 소소한 기적을 원하니까. 크리스마스의 기적에 관해 이야기할 때 잘 어울리는 옷도 역시 스웨터다. '롱패딩'으로 이야기할 수 있는 등골의 기적과 오리털, 라쿤 퍼 점퍼로 이야기할 수 있는 동물의 기적은 분명 스웨터의 기적과는 다른 것이다.

최근에 크리스마스를 가장 크리스마스답지 않게 보내는 방법에 관한 원고 청탁을 받고 글을 써 보냈다.

"…크리스마스를 가장 크리스마스답지 않게 보내는 방법은 간단하다. 남들처럼 크리스마스 시즌을 겨냥해 대량생산된 영화를 보고 요리를 맛보고 케이크를 사고 인산인해를 이루는 곳으로 가 그곳의 일원이 되는 것이다…."

크리스마스 즈음이면 늘 여럿이서, 둘이서, 혼자서 어떻게 크리스마스를 보낼지 고심하게 된다. 혼자 사는 이의 집에 모여 '파자마 파티' 같은 걸 해보자 의기투합하기도 하고, 괜히 분위기 좋은 그리하여 비싼 레스토랑에 두 자리를 어렵사리 예약하기도 하고, 세계맥주 네 캔을 구입해 집으로 가 치킨이나 피자를 시켜놓고 유혈이 낭자하는 하드코어 공포영화나 보면서 자신의 인간성을 기쁘게 회의하기도 한다.

최대한 특별하게 최대한 특별하지 않게. 따지고 보면 둘 다 어쩔 수 없이 크리스마스다운 크리스마스를 보내는 것이다. 크리스마스에는 괜히 그렇다.

모든 게 그런 특별함 속으로 깃든다. 하물며 크리스마스이브의 야근과 크리스마스의 숙취도 모두 신의 뜻은 아닐까 짐작한다. 그렇기 때문에 크리스마스 다음 날은 모든 게 명백히 낯설어지고 현실적인 기운에 휩싸인다. 어제는 적절하기 그지없던 크리스마스 장식이 오늘은 한참 철지난 듯이 보이고 친숙하기만 하던 캐럴이 그렇게 생경하게 들릴 수 없다. 그러고 보면 어글리 크리스마스 스웨터는 '한순간'을 위한 옷이다. 한순간을 위해 사고 한순간을 위해 입고 한순간을 즐기는 옷은 실용적이지 않게 보이지만, 드물게도 확실히 실용적인 옷이다. 이 세상 어떤 옷이 '그날은 웃기리라'는 사명을 가지고 태어날 수 있겠는가.

크리스마스를 맞아 누가 더 웃길 것인가, 스웨터를 골라 입는 일은 크리스마스를 크리스마스답게 보내는 것일까, 아닐까. 내 곁에 있는 이의 웃음이 우주의 기운, 기적이 아닐 이유가 없다. 기적은 그렇게 시시때때로 찾아오는 것이다.

크리스마스를 크리스마스답지 않게 보내는 방법에 관해 쓰면서 나는 마지막에 이런 말을 덧붙였다.

"그러나 어쩔 수 없는 일도 있다. 당신이 더욱

더 심심한 마음으로 크리스마스를 보내고 싶다면, 기도하자. 크리스마스에 눈이 온다면 누구에게도 크리스마스답지 않은 크리스마스는 없다….”

화려한 이든 소박한 이든 대체로 많은 이들이 크리스마스에는 꼭 이런 기적을 바라곤 한다. ‘크리스마스에 눈이 온다면….’

오늘 오후—11월 초였다—에는 S다방에 앉아 글을 쓰다가 처음으로 캐럴을 들었다. 너무 이른 거 아닌가, 하는 마음이 들면서도 크리스마스까지 며칠이나 남았나 달력을 체크해보았다. 이번 크리스마스는 월요일. 꿀이다. 많은 이에게 월요일 연휴는 기적과 같다.

이런 건 어떤가.

이번 크리스마스에 눈이 온다면 『아무튼, 스웨터』를 읽은 이 중 한 명에게 스웨터를 선물하고 싶다. 크리스마스의 눈은 한 영화에 백만 관객이나 천만 관객이 들 확률보다 높은 것일까, 낮은 것일까. 그보다 이런 공약은 언제부터 언제까지 계속되는 걸까.

지금, 당신은 몇 년도에 살고 있습니까?

무드 스웨터Mood Sweater

한 사람의 옷차림은 그 사람이 하루 동안 염원하는 감정의 총합이다. 스웨터리 스웨터가 기본에 충실한 감정(방어, 감춤)을 위한 것이었다면, 최첨단의 감정(공격, 드러냄)에 충실한 스웨터도 있다.

샌프란시스코의 '센서리'사가 개발한 '무드 스웨터'는 스웨터를 입은 사람의 기분에 따라 옷깃에 내장된 LED등의 색깔이 변하는 첨단 스웨터다. 거짓말 탐지기에서 사용하던 기술을 적용한 이 제품은 손에 장착된 센서들이 측정한 감정 정보를 토대로 사용자의 기분에 따라 다양한 색상의 빛을 낸다. 차분하고 편안할 때에는 푸른색, 심기가 불편하거나 화가 나거나 흥분 상태일 때에는 보라색, 그리고 사랑에 빠져 긴장된 상태일 때에는 붉은색, 황홀해하거나 기뻐할 때에는 노란색으로 발광한다.

'이렇게까지….'

무드 스웨터에 관한 소식을 접하고 처음으로 한 생각이었다. 나의 감정을 실시간으로 전달하는 옷이라니. SNS 시대에 맞춤한 듯 보이는 이 전시의 옷은 누구를 위한 것일까. 어느 때를 위한 옷일까. '호박고구마' 같은 이에게 선물하는 옷? '사이다 발언'이 필요한 자리에서 입는 옷? 어쩌면 눈치 없는 연인을 위해 입는 옷이기도 할 테다.

두 사람이 무드 스웨터를 맞춰 입고 대화하는 모습을 떠올려보았다. 영상통화를 처음으로 시도했을 때의 적나라함보다도 더한 적나라함을 견디는 순간이리라. 나라면 입지 못하겠다 싶었다. 당신이라면?

감정이 잘 드러나는 사람이 있고, 감정을 잘 숨기는 사람이 있다. 때에 따라 감정을 잘 드러내는 이가 있고 때에 따라 감정을 잘 감출 줄 아는 이도 있다. 감정을 무작정 드러내는 사람과 무작정 감추는 사람보다는 적재적소에 자신의 감정을 표현할 수 있는 자가 되는 것이 우리 모두의 소망임은 분명하다.

나이가 든다는 건 감정에 쉬이 휩싸이는 사람이 되지 않는 과정일 테지만, 그때 감정에 휩싸이지 않음은 감정 없는 인간이 되는 것이 아니라 드러낼 감정은 드러내고 감추어야 할 감정은 잘 감추는 인간으로 거듭남을 의미한다. 많은 이들이 이 둘을 헷갈려서 화병을 자초한다.

나는 감정이 잘 드러나는 사람이었으나 몇 차례의 사회화(?)를 통해 감출 만한 감정은 적당히 감출 줄 아는 사람이 되었다. 물론 여전히 감정을 잘 드러내는 데는 서툰 인간이어서 때때로 사람의 마음을 오리무중으로 만들기도 한다.

'좋은 건 아닌데 싫은 것도 아니야. 화가 난 건 아닌데, 화가 안 난 것도 아니야.'

과연 무드 스웨터는 어떤 감정에 연루된 사람이 주로 입게 될까? 평소에 늘 웃는 사람이 입은 옷이 대체로 슬픔의 빛을 내고, 평소에 늘 비관적인 사람이 입은 옷이 대체로 기쁨의 빛을 냄을 알게 된다면 그때 곁에 있는 이가 느끼게 될 감정은 어떤 것일까?

무드 스웨터를 입는 사람이 되는 것과 그것을 입은 사람을 보는 것에 관하여 생각한다.

명절이나 회식 자리에 무드 스웨터를 입고 나가는 사람은 드디어 자신을 드러낼 결심을 한 사람. 카페에서 글을 쓰는 소설가가 보란 듯이 무드 스웨터를 입고 자신의 현재를 전시하는 데는 창작의 고통 말고도 다른 이유가 있을 것이다. 가령, 폭발할 수 있으니 주의 요망.

몇 달 전, 세월호 유가족들의 뜨개 전시에서 산 사람이 살지 못한 사람을 위해 뜬 헨리넥 스웨터를 보았다. 그 스웨터가 어떤 감정의 총체인지 차마 짐작할 수 없었다. 그 옷에 고통과 슬픔만이 있다고 섣 불리 말할 수 없었고 그 옷에 희망과 기쁨도 깃들어 있음을 감히 말할 수 없었다. 감정이란, 한 가지 색으로 똑 떨어지는 것이 아니니까. 인생은 멀리서 보면 희극, 가까이에서 보면 비극이라는 채플린의 말은 얼마나 많은 감정에 휩싸였던 자의 말인지.

멀리서 볼 때와 가까이에서 볼 때 색이 달라지는 스웨터는 기본에 충실한 걸까, 첨단에 충실한 걸까. 그런 스웨터를 입고 멀어졌다 가까워졌다 하는 사람을 옆에 둔다면 이런 말을 꼭 건네주고 싶다.

기쁨은 짧고 슬픔은 길다.

2부

스웨터의 입술

'보이지 않는 주머니'를 스웨터에 만들기도 한다. 주머니 입구의 모양이 입술과 비슷하여 '입술주머니'라고 불리는데, 겉에서 보이지 않게 안쪽에 달며 입구의 띠는 주로 천이나 가죽 따위로 장식한다. 이 '스웨터의 입술'은 주로 카디건 스웨터의 하단이나 스웨터의 가슴께에서 열리고 닫힌다. 가끔 주머니는 밑시 않고 입구의 띠 장식만 만들어 넣는 '속임수'를 쓸 때도 있다.

남의 주머니 속이 궁금할 때가 있다. 저이는 어떤 사람일까. 주머니 속 물건은 한 사람의 생활을 추측해보거나 두 사람의 운명적 만남을 매개하는 용도로 쓰이기도 한다. 주머니에 입술보호제를 넣어 다니는 사람과 안경닦이를 넣어 다니는 사람은 분명 다른 생활을 하는 사람들이고, 그런 이들은 핸드크림이나 안경을 내어놓은 사람과 하루 반나절 짝을 이루어 연애를 시험하기도 한다.

그런가 하면 주머니에 남들은 모르게 넣고 다니는 나만의 물건도 있다. 머리핀이나 이국의 동전 몇 개, 비상용 알약. 드물긴 하나 넣었으나 넣어놓은 것조차 잊힌 지폐가 그곳에서 누군가의 손길을 기다리기도 하고, 건네야 했을 사람에게 건네지 못한 쪽지나 이름을 적지 않아 누구 것인지 모를 전화번호가 적힌 메모지 등이 호주머니의 세계를 이룬다. 어릴 땐 유리구슬이나 공기돌, 동그란 종이딱지를 한 움큼씩 넣어 다니며 으쓱해했다. 오늘날에는 이런 호주머니의 세계를 잃어버린 스마트한 사람이 절대적으로 많다.

오늘 점심에는 입술을 열 때마다 욕이 튀어나오는 사람 때문에 소화불량에 걸렸다. 때때로 한 사람이 '입술주머니'에 담아 다니는 말이 그 사람의 모든 것을 나타내기도 한다. 가령, 나는 '가령'이라는 단어를 자주 꺼내어 사용한다. 가령은 앞선 진술을 구체적으로 예를 들어 설명하고자 할 때 뒤따르는 문장을 이끈다. 그러니 나는 참 예를 들고 싶어 하는 사람이고 예로 들 거리를 찾기 위해 경험에의 욕망을 품은 사람일 테다.

내 오랜 벗 중에는 입술주머니에 '겨울 이야기'가 그득한 사람도 있다. 그이는 입을 열면 술술, 겨울에 겨울잠을 자는 평화에 대해 들려준다. 그런 사람을 만나고 나면 이런 평화로운 이야기가 나의 입술주머니에도 차곡차곡 쌓이는 것은 물론이다.

겨울에 기쁨으로 태어났으나 슬픔의 파란 타일을 닦으며 사는 가난한 가정부의 이야기, 숲에 홀리고 온 검은 목도리를 찾으러 갔다가 흰 사슴에게 홀려 그만 백발이 되어 마을로 내려오는 소녀의 이야기, 여름 해변에서 『녹색광선』을 읽다가 잠이 들어 겨울에 깨어나는 독서광에 대한 이야기.

스웨터에 입술을 만들어 넣고 밤이면 그 옷을 입고 스웨터와 대화를 나누다 깊은 잠에 드는 홀로 된 노파의 이야기는, 곧 경험하게 될 우리 모두의 이야기로 봐도 좋다.

입술은 이야기의 형태이다.

얼마 전 말 때문에 친구와 사이가 소원해진 적이 있었다. 말하는 편에서는 그런 의도가 아니었는데, 듣는 편에서는 그런 의도가 되어버렸다. 내뱉은 말과 주워들은 말이 어째서인지 모르게 달라지는 경우가 많다. 말은 그렇게 쉽고 말이 그렇게 어렵다. 입술이 이야기의 형태라면 귀는 사건의 형태다. 이야기는 입을 여는 자로부터 시작되지만 사건은 듣는 자로부터 시작된다. 사건을 해결하고자 친구와 서로의 말본새에 관하여 묻고 답했다. 깨쳤다. 자주해서 익숙해진 말 중에는 익숙해서 하지 말아야 할 말도 있다. 사건에 기승전결이 있는 이유와 마찬가지로, 주머니의 시작은 채우는 것이지만 끝은 비우는 것이다. 입술주머니라고 해서 별다를 게 없다.

스웨터의 조리개

사진기의 렌즈 속에 달린 조리개는 빛의 양을 조절해주는 노출 조절 장치이다. 눈으로 치면 홍채 같은 역할을 하는데, 렌즈가 열리는 구멍의 크기를 조절해 카메라가 받아들이는 빛의 양을 많게 '열었다' 또는 적게 '잠궜다' 해준다.

물의 양을 조절하는 장치도 조리개다. 화초 마위에 물을 주는 데 쓰이는 이 노구는 몸체와 대롱 모양의 관으로 이루어져 있다. 관의 끝에 나 있는 잔구멍으로 물을 고루 뿌릴 수 있다. 잔구멍을 많게 했다 적게 했다 하거나 구멍을 넓혔다 좁혔다 하는 장치가 달린 '최신형' 조리개도 있다.

북한에서는 고기잡이 그물의 한 종류인 건척망을 조리개라고 부른다. 그물이라고 부를 때 그 도구는 고기를 잡는 것이지만, 조리개라고 부를 때 그 도구는 어쩐지 잡을 고기와 놓아줄 고기를 조절하는 역할을 하는 듯하다.

스웨터에도 조리개가 있다. 주로 소매와 목 부분에 쫀쫀하게 고무뜨기가 된 부분을 일컫는데, 이 조리개는 주로 바람을 조절한다. 조리개를 열면 바람이 많고 닫으면 바람이 적다. 스웨터는 방한을 위한 옷으로 태어났으나 어떤 이는 그것을 거슬러 소매를 넓게, 목을 헐렁하게 하여 새로운 스웨터의 멋을 만들어내기도 한다.

가려움과 갑갑함 때문에 쫀쫀한 짜임의 스웨터보다 느슨하게 짜인 스웨터를 좋아하는 나의 친구는 매사 꼼꼼하나 머리가 복잡한 사람이고, 스웨터의 멋을 쫀쫀함에서 찾는 또 다른 친구는 매사 덜렁거리나 명쾌한 사람이다. 또한 조리개를 꽉 잠근 듯 빛이 없고 건조하며 딴딴한 글을 쓰는 나의 친구는 매사 허허실실, 조리개를 확 연 듯 빛이 많고 축축하며 물렁물렁한 내 친구는 한순간 날카로워 가까이 있는 이의 마음을 벤다.

최근 조절할 수 없었던 감정과 조절하지 못하고 넘어간 일 때문에 자신의 삶을 풀어내고 다시 짜는 친구들이 많아졌다. 유년 시절의 자신으로 거슬러 내려간 이도 있고 한 달 전의 자신으로 옮겨간 이도 있다. 마음의 조리개를 조절하는 법을 배우지 못해 지나쳐온 세월과 그게 오래되어 그 도구의 존재조차 잊은 세월이 누구에겐들 없겠는가. 나 역시 빛과 물과 바람과 마음을 조절하지 못해 죽어버린 것들이 많은 한 해였다.

나는 이제 더는 12월부터 후회하지 않는다. 12월의 후회와 다짐은 늘 너무 늦고 늘 너무 빠르다. 후회도 다짐도 언제나 12월까지. 그렇다고 해도 12

월이면 괜스레 조리개를 여는 사람이 된다. 이제 점차로 누군가를, 무언가를 잡고 싶은 마음이 줄어들고 있다. 부러 조리개를 닫는 사람은 놓아 보낼 마음이 많은 사람일까. 잡고 싶지 않은 것과 놓아 보내고 싶은 것은 어떻게 다른 것일까.

　　모든 조리개는 안성맞춤을 위한 장치이다. 그러나 안성맞춤이라는 말은 이도저도 아닌 것을 일컫는 말이 되기도 한다. 한때 이도저도 아니어서 누구에게나 호의적인 사람이었던 내 친구는 누구에게나 호감형인 사람이 되지 않으려고 마음먹으면서 자칭 '갱신형 페미니스트'로 거듭났다. 조리개의 극단을 실험하는(조리개 자체를 부수는) 예술가만이 없던 것을 만들어내는 것은 예술의 순리이고, 조증과 울증을 오가는 친구에게 더 많이 인사하고 싶다.

　　12월의 스웨터는 많이 열고 입는 걸까, 적게 잠그고 입는 걸까. 스웨터를 입으려 할 때마다 늘 너무 이른가, 너무 늦었나 갈팡질팡 입어야 할 마음과 벗어야 할 마음이 조리 없이 오간다.

스웨터의 계절

라디오를 자주 듣다 보면 다른 이들이 어떻게 계절을 맞는지 각양각색의 방법을 보는 듯 듣게 된다. 가령, 어떤 이는 직접 뜯어온 쑥으로 쑥국을 끓이는 일을 봄맞이로 여기고, 어떤 이는 빨래건조대에 일렬로 널어놓은 흰 러닝셔츠를 보며 여름의 생활을 되돌아본다. 또한 골목에 앉아 감 따는 할아버지를 구경하며 가을을 보내는 이가 있고, 겨울이면 길거리 포장마차의 어묵국물을 그냥 지나치지 못하는 자신을 대단히 계절적인 인간이라고 여기는 이도 있다. 사람마다 갖고 있는 계절의 말은 이렇게나 다르고 바로 그 다름 때문에 계절은 누구나의 계절이면서 오로지 한 사람의 계절이 되기도 한다.

라디오를 자주 듣다 보니 깨우친 게 있다.

라디오에서 윤종신의 '팥빙수'가 나올 때부터가 여름.

손톱이 노래지는지도 모르고 귤을 까먹을 때, 겨울은 어느새 깊어져 있다.

얼마 전, 출근길 라디오에서 이런 계절의 말을 들었다.

"배추가 달큰해지는 계절이랍니다."

겨울에 해 먹는 배추전이 그렇게 별미일 수 없다는 배추전의 '육즙'을 칭찬하는 사연이었으나, 때마침 맞은편에 서 있던 두 사람이 스웨터 차림이어서 이런 계절의 말을 자연히 떠올리게 되었다.

'스웨터는 배추가 달큰해지는 계절에 입는 거구나.'

옷 좋아하는 사람은 옷이 많은 사람이 아니라 옷을 육하원칙에 따라 잘 맞춰 입는 사람이다. 또한 옷 좋아하는 사람은 옷을 통해 깨친 계절의 말을 많이 가진 사람이기도 하다.

가죽은 오래 길들일수록 부드럽다고 말하는 사람과 코르덴 팬츠는 겨울의 제철요리 같다고 말하는 사람, 라쿤 퍼가 부착된 점퍼를 가까이하지 않는 것으로 계절을 감시하겠다고 말하는 사람, 낚시꾼들의 옷차림에서 영감을 얻어 F/W 패션 시즌을 준비하겠다고 말하는 사람, 첫 월급으로 부모의 빨간 내복을 고르며 상투적인 것의 묘미를 말하는 사람은 모두 풍성한 계절의 말을 지닌 것이다.

당신에게 스웨터는 어떤 계절의 말을 가질 수 있게 해주는 옷일까?

오늘은 길을 걷다가 길고양이에게 물을 떠주고 간식을 챙겨주는 이들과 자주 마주쳤다. 그런 사람들을 통해 알게 되는 계절의 말은 아마도 '상당히 상냥한 초겨울'이다. 초겨울의 상냥한 사람과 무심한 고양이와 달큰한 스웨터는 어쩐지 절묘하게 한통속 같다.

스웨터의 인간성

문영 씨와 문영 씨의 스웨터에 관한 이야기이다.

내가 알고 있는 문영 씨라기보다는 당신들이 알고 있는, 키 크고 키가 작으며 말랐고 마르지 않은 문영에 관한 이야기이며 당신들이 하나씩은 가진 문영의 스웨터에 관한 이야기라고 읽으면 된다.

문영은 한국에서 태어났으나, 아일랜드 사람이다. 그는 디스크자키로 '플레이스 캠프'에서 개최하는 산타 페스트 밤에 참여하기 위해 얼마 전부터 제주에 머물고 있었다. 문영은 2박 3일의 짧은 행사 일정이 끝나는 대로 보름 동안 제주를 일주하며 자신의 인간성을 표현할 30분짜리 흑백 영상을 찍을 계획이었는데, 그러기 위해선 찾아야 할 사람이 있었다.

문영은 늘 자신의 인간성을 고민하곤 했다.

한번은 외계인의 피와 지구인의 피를 함께 가졌다고 믿는 이들이 모인 '하이브리드 커뮤니티'를 찾아내 커뮤니티 가입을 위한 온라인 설명회에 참여한 적도 있었다.

설명회에서는 '스승'이라고 불리는 자가 참여자들을 시험에 들게 했다. 첫 번째 관문은 '나는 누구인가'라는 물음에 답하는 것이었고, 두 번째 관문에서는 땅콩을 담은 접시를 테이블에 올려놓았다는 가정하에 어떤 행위를 할 것인지 질문을 받았다.

참석자들은 대개 자신의 이름, 성별, 고향, 태어난 날, 이력, 경력 등으로 자신을 설명하려고 했으나, 문영은 자신이 혼합한 음악을 들을 수 있는 링크를 복사해 붙였다. 또한 참석자들이 땅콩을 한 줌 가져와 사람들에게 나눠준다거나, 땅콩 한 알을 까먹는다거나, 땅콩이고 나발이고 심드렁하게 앉아 있겠다거나 하는 행위를 쓸 때 문영은 테이블로 가서 땅콩이 담긴 접시를 뒤집어엎겠다고 적었다. 이 모든 것들 때문에 다른 참석자들이 모두 커뮤니티 가입 승인을 얻은 반면 문영은 가입 불가 통보를 받았다.

문영이 인간성을 탐구하는 인간으로 성장하는 데는 문영의 아일랜드인 부모의 영향이 컸다. 그들은 문영이 아일랜드까지 입고 온 스웨터를 버리지 않고 간직해두었다가 문영의 일곱 번째 생일에 문영에게 건네주었다. 그들은 문영에게 인간임을 잊고자 할 때마다 그 옷을 살펴보라고 말했다.

문영은 부모의 뜻대로 자라나기 위해 애썼으나 문영의 내면은 문영의 뜻대로 조성되지 못했다.

문영은 자신의 남다름을 알고 난 이후부터 늘 궁금했다.

나에게 스웨터를 떠준 이는 누구일까.

그리고 문영은 알게 되었다.

그 스웨터는 '부르뎅'이라는 아동복 브랜드에서 대량생산된 것으로, 그나 그 누구의 인간성과도 관련이 없는 물건이라는 것을. 그러나 문영은 옷을 고르고 옷을 사고 옷을 입히는 '인간의 일'에 깃든 것이야말로 누군가의 인간성을 확인할 수 있는 요소라고 믿었다. 문영이 열일곱 되던 해에 자신의 온라인 채널에 부르뎅 스웨터를 찍어 올린 것도 그 때문이었다.

문영은 그렇게 자신이 리얼리티 쇼 프로그램의 출연자이길 스스로 거부했다. 그 일로 문영은 자신이 출연 중이던 쇼에서 하차했다.

문영이 출연했던 쇼 〈당신의 선택〉은 일련번호가 같은 동일한 모델의 안드로이드들이 출연해 시청자들을 유혹하고 속이고 울고 웃기며 시청자들과 감응하다가 감응 지수에 따라 최적의 시청자와 최적의 안드로이드가 일대일로 연결되는 프로그램이었다. 문영은 그 쇼에서 안드로이드 역할을 맡았더랬다.

가까이에 문영이라는 이름을 가진 이가 있다.

그는 일하고 쓰는 삶을 산다. 그의 인간성을 궁금해해본 적은 없으나 가끔 그에게도 '인간이 아닌

순간'이 있을 거라고 짐작해본 적은 있다. 우리 모두에게 있는 그 순간이 그에게만 없을 리 없잖은가.

그러고 보면 문영이라는 이름이 미옥이 되거나 금희가 되거나 홍수가 되기도 하고 학수나 상욱이나 수연이가 되는 일도 이상하지 않을 것 같다. 그리고 그들이 자신의 인간성을 기억하고 그것을 지키기 위해 간직하는 옷이 스웨터라는 건 얼마나 보편적인 일일까.

영화 〈트루먼 쇼〉에서 자신의 인생이 '리얼리티 쇼'라는 것을 모르는 트루먼이 지하실에 숨겨둔 실비아(첫사랑)의 스웨터를 몰래 꺼내보는 장면을 보며 한 시청자는 이렇게 되뇐다.

"그들이 여자를 보내버렸지만, 추억까지 지우진 못했어."

어떤 인간의 거짓된 인생을 진실한 방향으로 유도하는 것. 스웨터는 그런 아름다운 효능을 발휘하기도 한다.

스웨터의 별똥별

친구에게 물었다.

　-스웨터 하면 떠오르는 게 뭐야?

　-별똥별.

　-별똥별?

　-응, 별똥별. 인생 노랜데.

　검색했다.

　"스웨터는 대한민국의 음악 그룹이다. 10여 년 간 아름다운 멜로디로 많은 사랑을 받아왔다. 2008 년 그랜드 민트 페스티벌을 마지막 무대로 해체했 다."

　들어보았다.

　'별똥별'은 2002년에 발매된 스웨터 1집 앨범 에 수록된 곡으로, 나에게 일어났던 기적이 너에게 도 일어나길 기원하는 노래였다. 스웨터의 별똥별을 인생 노래로 말하는 친구의 2002년은 어떻게 꾸려 지고 있었을까. 15년 전 친구가 대학 새내기였음을 떠올려보면 친구의 인생 노래가 전혀 이해되지 않는 것도 아니다. 친구에게, 우리에게 스무 살은 기적 같 은 것이 아닌가.

　어떤 노래를 인생의 노래로 꼽는 데에 주저함

이 없는 사람도 내 입장에선 참 희한하지만 누군가의 인생 노래를 들으며 그이의 인생을 추측해보는 일이 희한하게 재미있는 것도 사실이다.

취향에 깊이가 없는 사람으로서 어쩌다 당신의 인생 영화는?, 당신의 인생 책은?, 당신의 인생 음악은? 이라는 질문을 받을 때면 난감해진다. 어쩔 땐 그럴싸한 목록을 마련해놓아야 하는 건가, 생각하기도 한다. 그러거나 말거나 인생이 이렇게나 긴데 딱 하나여야 하는 이유는 뭐지, 라는 심정인 가운데 그렇다. 하지만 얄궂게도 저런 질문에 다른 이는 어떤 대답을 하는가, 보는 건 흥미롭다. 어떻게 보았고 어떻게 들었는가 살피는 것으로 한 사람의 생이 간략해지도 한다.

서효인 시인이 '최신가요'를 소재로 『아무튼, 최신가요』를 쓴다는 소식을 듣고 배시시 웃음이 나왔다. 내가 아는 그이는 오늘날 걸그룹의 노래에 능통한 자이지만, 내가 더 궁금한 그이는 그때 그 시절 자신을 휘감았던 최신가요에 영향 받은 사람이다. 효인은 『여수』라는 시집에서 지명에 대한 연작시를 썼다. 공간과 장소를 살펴보며 세대의 심상 지리를 죽 훑는 순순한 작업이었다. 그가 최신가요를 소재로 쓰는 글이 기대되는 것도 비슷한 이유에서이다. 리어카에서 팔던 '최신가요 테이프'와 '길보드차트'를 아는 자가 소환하는 삶은 얼마나 많은 사람을 추억에 젖게 할까. 스웨터의 '별똥빛'이 최신가요인 시절도 있었을 테다.

누군가 당신에게 당신의 인생 스웨터는, 이라는 질문을 한다면 당신은 어떤 시절을 최신으로 떠올릴까?

금방 머릿속에 한 사람의 얼굴이 스쳐갔다. 1998년 그 사람은 자주 '지오다노'나 '마루'에서 나온 스웨터를 입었는데, 그때 그게 참 보기 좋아서 여러 번 고백했다. 그 사람은 어찌 살고 있을까? 그와 나는 가까웠으나 더는 만나지 않는다. 아담, 잘 살고 있겠지.

최근에 이주원의 '아껴둔 사랑을 위해'라는 노래의 노랫말을 가져와 시에 넌지시 넣거나 무용학도인 한 여자와 작곡가인 한 남자의 사랑을 그린 드라마 〈두려움 없는 사랑〉의 테마곡으로 쓰였던 칼라 보노프의 'The water is wide' 가사를 시에 담았다. 알만한 사람은 아는 재미가 있고 모를 만한 사람은 모르는 재미가 있겠지 싶어서. 수 년 전부터 친구들과 신해철의 노래를 틀어놓고 술과 안주를 챙겨먹는 삶을 즐기고 있다. 일곱 살 땐가는 사촌여동생의 분홍색 앙고라 스웨터가 마음에 들어서 그걸 입고 김완선의 '나 홀로 뜰 앞에서'에 맞춰 춤을 추는 나 자신을 거울로 보며 기특히 여겼더랬다. 나는 어떤 사람이었던 걸까. 나는 지금 어떤 사람 중인 걸까.

친구에게 끝내 묻지 않았다.
스웨터의 '별똥별'을 인생 노래로 꼽은 이유를.

스웨터의 라이언 고슬링

다른 대안이 있습니까?

스웨터의 해변

여름용 스웨터도 있다. 해변이나 리조트에서 주로 수영복 위에 걸쳐 입는 것으로, 실을 성기게 짜서 전체적으로 느슨하고 구멍이 많다. 넓다. 막힌 곳보다 막히지 않은 곳이 더 많은 스웨터도 있다. 목면이나 마등을 소재로 만든 서머 페어 아일즈가 그중 하나다.

스웨터를 두고 여름 해변을 떠올리기란 쉽지 않은 일이다. 그 너위에…. 그러나 잘 생각해보면 우리 대부분은 더위 속에서 추위를 찾고 추위 속에서 더위를 찾는 얄팍한 부류가 아닌가. 스웨터와 여름 해변을 머릿속에 그리다 보면 자연히 떠오르는 영화들도 있다. 주드 로와 기네스 펠트로의 근사한 리조트룩을 볼 수 있는 〈리플리〉가 그렇다.

휴양지에서 느긋이 여름을 즐기는 유럽 상류층의 옷차림은, 핑크색 짧은 반바지 위나 7부 바지 위에 걸친 그들의 스웨터는 참 군더더기 없이 '부티'를 연출해냈다. 그때의 스웨터는 정숙한 듯 자유롭고, 갑갑한 듯 청량했다. 영화를 보는 내내 느꼈다. 여름 리조트룩을 연출할 때 스웨터는 말 그대로 화룡점정.

서머 스웨터를 입고 해변에 누워 있다가 한 사람을 우연히 만나고 아주 사소한 (연애)사건에 휘말리고 헤쳐 나가 성장하는 이야기의 주인공이 되는 상상은 여름 해변에서는 누구나 한번쯤 해봄직한 것이다. 드물긴 하지만 그 상상을 현실로 옮기는 이도 있다. '영화를 찍어라, 영화를 찍어'라는 말을 들으며 그이는 여름 영화의 주인공이 된다. 그러니까 여름 해변에서는 누구나 "짧았던 우리들의 여름은 가고"라는 기분에 휩싸인다. 여름 해변에서는 누구나 나인 듯 내가 아닌 나로 시간을 허비해버리고 싶어진다. 뜨거워지거나 차가워지거나. 여름의 사건은 대부분 일상의 터와는 거리가 있는 곳에서 터져 나오기 마련이니까.

언젠가 친구들과 여름 바다에 놀러 갔다가 친구들 모두 한밤 음주가무를 즐기기 바쁠 때 깜깜한 고개 하나를 넘어야 나타나는 해변으로 영화를 보러 갔다. 그때 얇은 스웨터 차림으로 바닷바람을 맞고 파도 소리를 들으며 모기에 뜯기는 가운데 보았던 (영화가 아니라) 해변 극장의 영사막은 괜스레 위대한 환상처럼 느껴졌다. 그건 영화의 실체였다.

그때 본 영화의 제목은 '서머 스웨터'가 아니었고 마음에 품은 배우들이 총출동해 여름, 해변, 극장에서 벌어지는 일들을 옴니버스로 엮은 영화도 아니었다. 그런데도 지금에 와 떠올려보면 어쩐지 그때 그 해변 극장에서 보고 들은 것이 마치 그런 것인 듯 느껴진다. 왜일까. 여름 해변에서 우리는 보지 않은 것을 본다. 그 힘으로 나는 그 밤, 홀로 암흑을 넘어 숙소(현실)로 돌아간 것이리라.

바로 직전에 예스러운 무늬의 브이넥 스웨터를 소화하는 라이언 고슬링을 떠올리며 다른 대안이 있냐고 묻있나. 그런데, 서머 스웨터를 입은 기네스 펠트로나 주드 로 혹은 알랭 들롱 같은 배우를 떠올리자니 또한 말문이 막힌다. 스웨터의 케이트 블란쳇이나 틸다 스윈튼, 줄리안 무어, 이자벨 위페르, 장만옥, 글로리아 입은 어떻고.

그나저나 당신의 스웨터에 존재하는 해변은 여름 해변일까, 겨울 해변일까. 이런 걸 생각해본 사람들만이 명백히 스웨터의 실체에 한 발 다가간다.

스웨터의 발성

'읽고 노래하고 이야기하는 한겨울 밤이면 좋겠다.'
시 쓰는 친구들과 얘기하다가 그런 밤을 직접 만들어보기로 했다. 2013년 12월 27일이었다. 지금은 다채로운 이유로 찾아오는 사람도 많고 높은 월세를 견디지 못해 떠나가는 이들도 많은 해방촌 '빈 가게'에서 '스웨터 낭독회'를 열었다.

1960~1980년대 해방촌에 '요꼬 공장(니트 스웨터 공장)'이 많았다는 정보 덕에 스웨터라는 이름을 붙였다. 실은 그보다 스웨터라는 단어가 말하고 듣는 이 모두에게 건네주는 소리 없는 따뜻함이 더 좋아서였다.

낭독회 참석자들의 드레스 코드는 당연히 스웨터였고, 준비물은 튼튼한 몸과 자신이 생각하는 '올해의 문장'을 가져오는 것이었다.

겨울밤 한 무리의 사람들이 스웨터를 입고—더러는 스웨터 대신 니트를 입고 오거나 마음에만 스웨터를 입힌 채 오기도 했다—모여 앉아서 시를 읽고 시를 듣고 노래하고 감상하며 자신이 가져온 올해의 문장으로 자기가 어떤 한 해를 보냈는지 이야기했다. 쓰는 이들이 만들고 싶던 밤을 듣고 말하는 이들이 함께 완성했다.

지금은 해방촌의 많은 카페와 책방에서 낭독하

는 모습을 자주 볼 수 있지만, 그때 해방촌에서 그 밤 풍경은 생소한 것이었다. 그날 초대가수로 왔던 '모_최'가 마지막으로 선곡해 부른 노래는 '밝은 낮으로 만나자'였다. 내게 그 노래는 스웨터의 주제곡 같았고 무엇보다 낭독회를 열고 닫는 이들을 위한 노래처럼 들렸다. 그때 나는 '악마'라는 노랫말을 '앙마'로 듣고서 '잉마'에게 밝은 낮의 낯선 방문객이 찾아오는 이야기를 메모해두기도 했다.

낯선 방문객이 잉마에게 소리 없이 팔려고 하는 것은 목소리이다. 목소리를 팔러 다니는 자의 정체는 무엇일까, 그가 하필 잉마를 찾아온 이유는 뭘까, 잉마는 목소리를 사게 될까, 목소리를 가진 잉마가 처음으로 읽게 될 것은 어떤 것일까. 겨울밤에 스웨터를 입고 읽고 노래하고 이야기하는 일은 나에게 없었으나 나에게만 있을 수 있는 이야기를 드디어! 쓰게 되는 일의 전초가 되기도 한다.

그날 내가 그리고 그 자리에 함께했던 친구들이 어떤 문장을 들고 왔는지 잘 기억나지 않는다. 그러나 몇몇의 문장에서 함께 웃었고 함께 마음 썼던 기억은 남아 있다. 그날 함께한 이들 중에 자신의 문장을 기억하는 사람이 있을까. 그해, 당신은 어째서 그런 문장이었습니까? 다시 궁금해진다. 당신이 '올해의 문장'으로 완성한 '스토리'는 무엇입니까?

그 밤에 우리는 마치 니트 스웨터를 짜는 요꼬 공장의 노동자들처럼 한 벌의 스웨터를 함께 만들고 그 옷에 낭독이라는 라벨을 붙였던 건 아닐까.

소리 내어 글 읽기를 즐긴다. 쓰여 있는, 움직임이 없는 글이 소리가 되어 나올 때, 움직일 때 그 글은 좀 전과 같은 글이지만 또한 분명 다른 글이다. 활자로만 존재할 때 글은 직선적이고 공격적이나 수동적이다. 소리로 옮겨 간 글은 곡선을 만들어내고 방어적이나 능동적이다. 특히나 시는 소리와 결합할 때 우회한다. 우회할 때 비로소 다른 길을 만나게 됨은 당연하다.

소리 내어 글을 읽는 행위는 글과 함께 숨을 나누는 극적인 행위이며 스스로 글에 길을 내는 일이다. 하여 소리 내어 글을 읽는 행위는 읽는 이가 쓰는 이에게 바치는 가장 손쉬운 오마주다.

(스. 웨. 터. 소리 내어 읽기.) 천천히 이와 혀와 입술과 성대를 움직여 소리 낼 때 비로소 사물이 내 편으로 돌아선다. 활자로 된 스웨터가 보풀 하나 없는 포장된 스웨터 같다면 소리로 된 스웨터는 보풀이 하나둘 잡힌, 벗어놓은 스웨터 같다.

스웨터의 이름

히말라야 에브리데이 뉴트위드 75118. 털실의 이름이다. 에메랄드블루 빛깔의 털실. 털실에 히말라야 같은 이름을 붙이는 건 누가 해내는 것일까.

이름을 잘 짓는 일을 척척 해내는 사람을 부러워할 때가 많다. 나는 이름을 붙이는 일에 자주 실패한다. 그런데도 이것저것에 가리지 않고 이름을 붙이는 편이다. 화분에도 이름을 붙이고(르페) 접시에도 이름을 붙이고(몽) 자전거에도 이름을 붙이고(카나딤) 책상과 의자(뮤와 콘) 한때는 음식에도 따로 이름을 붙여(바닥) 불렀다. 이름을 부를 때 존재는 존재한다는 뭐 그런 심오함 때문이 아니라 이름을 붙이고 이름을 부를 때 그것과 나의 거리가 좁혀지는 느낌이 좋았다.

외로울 때였다.

스웨터를 떠보기로 했을 때 놀란 건 세상에 이렇게나 많은 종류의 털실이 있다는 것이었다. 그보다 더 놀란 건 그 털실에 모두 고유한 이름이 붙어 있다는 사실. 사물의 세계는 그 자체로도 놀라운 것이지만 사물의 이름이 조성하고 있는 세계는 경이로웠다고 할까.

털실의 색과 질감에 대한 설명과 이름을 결합

하여 하나하나 훑다 보니 털실의 이름만으로도 이야기를 무궁무진하게 만들 수 있겠다는 생각이 들었다. 이야기를 짓는 일이 뜨개질로 비유되는 이유는 간명했다. 태초에 털실에 이야기가 함유되어 있는 것이었다. 한밤에 외로운 사람들이 그렇게 뜨개질을 하는 이유는 시간 속에서 무념무상에 빠지기 위한 것이 아니라 시간 속에서 이야기에 대한 결핍을 채우기 위한 것이리라. 그러고 보면 이름을 짓고 이름을 붙이고 이름을 부르는 일은 얼마나 외롭지 않은 서사인가.

에메랄드블루 빛깔의 털실에 히말라야라는 이름을 붙인 이는 어떤 이였을까. 털실은 그이의 머릿속에 히말라야의 어디를, 무엇을 그리게 하는 '도구'였을까. 히말라야라는 이름의 털실로 스웨터를 짠 무수한 이들의 무수한 이야기는 스웨터에 귀 기울이면 들을 수 있는 걸까, 스웨터를 눈여겨보면 볼 수 있는 걸까.

옷장 속 스웨터에 이름을 붙여 부르고 싶어졌다. 오랜만이다.

당신을 당신의 이름으로 부르고자 처음으로 마

음먹은 사람은 당신에게 어떤 이야기를 심어놓고 싶었던 건지, 오늘 밤에는 곰곰 궁리해볼 일이다.

스웨터의 첫

2011년 11월 22일, 2012년 11월 26일, 2013년 11월 18일, 2014년 11월 14일, 2015년 11월 25일, 2016년 11월 26일, 2017년 11월 17일.

서울에 첫눈이 내렸다.

11월 20일이었다. 친구들이 첫눈만 기다린 사람들처럼 첫눈이 온다고, 하던 일을 멈추고 창밖을 보라고, 첫눈이 지나간다고 메시지를 보내왔다. 물론, 나도 메시지를 보냈다. 서울 공식 첫눈! 그러나 알고 보니 서울의 첫눈은 11월 17일 금요일 오후 5시 40분으로 공식 기록됐다. 그렇다면 오늘의 첫눈은 모두에게 비공식적인 첫눈인 걸까. 새삼 각자가 가진 비공식적인 첫눈의 기준이 알고 싶어졌다.

공식적으로 서울의 첫눈은 종로구 송월동에 위치한 기상관측소에서 육안으로 눈발이 관측된 것을 기준으로 한다. 비공식적인 기준은 제각각이다. 어떤 이는 희끄무레한 게 날리기만 해도 첫눈, 어떤 이는 한바탕 쏟아지는 눈이 첫눈, 어떤 이는 혼자서 보는 첫눈이 첫눈이라 하고, 어떤 이는 둘이서 보지 않는 첫눈은 첫눈으로 인정할 수 없다고 항변한다. 내 편에서 첫눈은 펑펑 내리는 눈이다. 그러니까 오늘의 눈이 내게는 비공식적으로도 첫눈이 아닌 셈.

공식 기록 같은 걸 보면 자꾸 무슨 기준으로 공식이 되었는가 하는 궁금증이 생긴다. 찾아보게 된다. 찾아보다 보면 비공식적인 기록이, 그 기록의 기준은 뭔가 하는 궁금증이 따라붙는다. 가령, 주요 기상현상 관측 기준 같은 것은 어떤가. 서울의 첫얼음은 기상관측소 관측 지점의 금속 용기에 담긴 물이 얼 때이고, 여의도 벚꽃 개화 기준은 국회 북문 건너편 118~120번 벚나무에 세 송이 이상 꽃이 필 때이다. 이렇게 일상적인가 싶게 일상적이고 이렇게 구체적인가 싶게 구체적이다. 그러니 비공식적인 기준은 더하면 더했지 덜할 리 없다. 어떤 이에게 첫얼음은 누렁이 밥그릇에 담긴 물이 얼 때이고, '버스커버스커'의 '벚꽃엔딩'이 흘러나올 때가 '벚꽃오프닝'이라고 생각하는 이도 있을 것이다. 공식의 기준과 비공식의 기준은 이렇게나 가깝다.

올해 서울의 첫 스웨터는 언제 관측되었을까?

망원역 1번 출구 인근 세 사람 이상이 입을 때, 라는 기준은 공식적인 게 될 수 없을까.

당신이 무언가를 공식적으로 기록하기 위해 만드는 비공식적인 기준이 어떤 때는 세계 유일의 기준이 되기도 한다.

공식적으로 서울에서 가장 빨리 첫눈이 관측된 시기는 1981년 10월 23일, 가장 늦게 관측된 시기는 1948년 12월 31일이다.

스웨터의 먼 곳

짝꿍 얘길 쓰지 않으려 했는데, 마지막에 가서 생각나는 건 역시 짝꿍뿐이다. 왜 아니겠는가. 짝꿍은 오늘날 나와 가장 가까운 곳에 있는 사람이다.

크루넥 스웨터를 입고 외투를 걸치고 백반을 먹고 작은 해변으로 갔다. 찬바람이 불었다. 햇살은 다사로웠다. 작은 해변에는 아무도 없고 짝꿍과 나는 해변을 앞서거니 뒤서거니 걷다가 손을 잡기도 했다. 짝꿍은 기암절벽을 찍고, 나는 해변에 남은 우리의 발자국을 사진기에 담았다. 500원짜리 동전 크기만 한 마른 조개껍질도 주웠다.

연한 보랏빛에 흰색으로 잔줄 무늬가 있었다. 이름을 알 수 없으나 바로 그 이름 없음으로 해서 조개껍질은 진귀한 것이었다. 이름하여 부를 수 없을 때에만 만물은 신비롭다. 인간의 무지가, 이름 없는 자연만이 순수에 속한다. 자연에 이름을 붙이는 자들은 불순하고 바로 그 불순함이 또한 인간의 지식이 이룬 존재론적 성과이다. 조개껍질에 이름을 붙였다. 간직하기 위해서. 짝꿍에게 보여주었다.

"다시, 제자리에 두고 오는 건 어떤지?"

(껍질의 제자린 어디일까.)

나와 짝꿍은 이렇게나 다른 사람이다.

짝꿍은 스웨터를 좋아하지 않는다. 짝꿍에게 스웨터는 입고 벗을 때마다 정전기가 생기는 옷이며 가려움을 유발하는 옷이고 세탁할 때마다 주의를 요하는 까다로운 옷이다. 짝꿍에게 스웨터는 불편한 옷이지 전혀 낭만적인 옷이 아니다.

짝꿍에게 '아무튼, 스웨터'에 관해 쓰기로 했다고 알렸을 때, 짝꿍이 도무지 이해가 가지 않는다는 표정을 지어 보인 건 당연했다. 스웨터가 가진 낭만적인 물성과 스웨터를 향한 애정을 그는 한 번도 느껴보지 못했던 것이다. 그러고 보니 11년 동안 교제하면서 짝꿍이 스웨터를 입은 모습을 한 번도 본 적이 없다.

한 사람이 스웨터를 오래 좋아하는 동안 한 사람은 오래 스웨터에 무관심할 수도 있다. 짝꿍에게 스웨터를 향한 애정으로 가득한 글들은 어떤 느낌으로 다가갈까. 궁금하다. 그런 글들을 모아 읽고 나면 스웨터를 한번쯤 입고 싶어지긴 할지, 스웨터를 자주 입는 사람을 다르게 보게도 될지, 자신은 비록 싫을지언정 좋아하는 이를 위해 스웨터를 한 벌 사볼까 하는 마음을 먹게 될지. 내가 아닌 남을 위해 뜨개질을 한번 해볼까 하는 마음까지 나아간다면… 연애란 늘 이런 오리무중.

스웨터를 좋아하지 않는 짝꿍에게 애정을 느낀다. 내가 그를 나의 연애 상대로 점찍은 것은 그가 가진 것 때문이 아니라 내가 가지지 못한 것 때문이었기에. 스웨터를 입는 사람만이 자신이 가진 것이 아니라 가지지 못한 것을 연애의 기원으로 삼는다는 말은 물론 서슷이다. 그러나 그렇다고 말하고 싶다. 연애는 늘 진실한 순간만으로 이루어지는 시공간이 아니다. 최근에 나는 짝꿍의 귀를 파주면서 이런 진실을 말한 적이 있다. 너무 깊다.

작은 해변에서 아무 말 없이 서로의 모습을 서로의 카메라에 담다가 우리는 나란히 서서 파도가 길게 밀려왔다 밀려가는 것을 쳐다보았다. 바람에 외투 자락이 날리고 스웨터의 둥근 넥으로 찬바람이 휘감겼다. 짝꿍은 코를 훌쩍였다.

나는 밀려오는 것이 좋았고 짝꿍은 아마도 밀려가는 것이 좋았을 것이다. 짝꿍이 해변의 작은 모래언덕을 내려가다 잠시 멈춰 서서 먼 곳을 바라보았다. 나는 그런 짝꿍을 뒤에서 바라봤다. 거기, 짝꿍의 눈길이 머무는 곳에 있던 것은 무엇이었을까. 알 수 없으나 나는 나의 눈길이 머무는 곳에 있는 것이 한 사람의 행복이길, 염원했다. 연인을 이루는 두 사람은 이렇게도 다르다. 해변에서 깨치게 되는 인생의 진리 중에서 가장 그윽한 것은 우리가 다르다는 것을 알게 되는 것이다. 서로에게 애정을 가진 두 사람에게 그 앎은 더할 나위 없이 소중한 것.

스웨터를 입은 짝꿍의 모습을 상상해본다.

짝꿍에게 스웨터를 선물한다면, 짝꿍을 위해 스웨터를 한 벌 뜬다면 어떤 색으로, 어떤 모양과 어떤 실수를 넣어 뜨게 될까. 이런 손 글씨 편지를 함께 건네고 싶다.

기쁨은 짧고 슬픔은 길다. 빛, 슬픔을 위한 사람.

낭만 터진다. 오글거리는가. 어쩌겠는가. 나는 지금 이야기에 가까이 있다.

스웨터를 입었다.

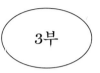

3부

레아의 스웨터

마침내 눈이 그치자 비비안나는 레아를 만나러 갔다. 12월의 저녁치고는 바람이 제법 따뜻했다. 비비안나는 레아에게 가기 전, 아니에게 먼저 들렀다. 아니는 비비안나가 키우던 개로, 지금은 한 동물병원에 입원해 있었다.

어제 수의사 윤은 아니의 폐에 물이 가득 차서 더는 손을 쓸 수 없다는 소식을 비비안나에게 전하며 마음의 준비를 하라고 일러주었다. 그러나 그렇다고 한들 비비안나는 반평생을 함께한 아니를 쉬이 포기할 수 없었다.

아니가 비비안나를 찾아온 건 비비안나의 아들 율이 불의의 사고로 죽은 지 얼마 되지 않아서였다. 아니는 문을 두드리고, 문 앞에 서서 비비안나를 기다리고 있었다. 비비안나는 자신을 기다리던 아니를 집으로 들여 씻기고 먹이고 재운 후에 다시는 밖으로 내몰지 않았다. 비비안나의 이웃들은 비비안나가 떠돌이 개를 죽은 아들로 생각하는 것 같다고 수군댔지만, 비비안나가 그렇게까지 정신이 나간 건 아니었다. 비비안나는 그즈음 모든 것을 가엽게 여겼을 뿐이었다. 가족도 없고, 친구도 없고, 거처도 없이 떠돌다 죽을 게 분명한 개의 운명도, 밤이면 의지와 상관없이 집 안을 서성이는 자신의 삶도, 말없이 말을 만드는 이웃들도, 무엇보다 잠든 개를 볼 때마다 떠오르는 욜도 가여운 것이었다.

비비안나가 병실로 들어서자 제대로 목을 가눌 힘도 없는 아니가 꼬리를 흔들며 비비안나를 반갑게 맞이했다. 비비안나는 가만히 있으라고 말했지만, 비비안나의 목소리를 듣자마자 아니는 꼬리를 더 세차게 흔들었다. 비비안나는 아니에게 다가가 목에 끼워진 플라스틱 보호대를 뺐다. 아니를 꼭 안아 들고 의자에 걸터앉아 병실 창밖을 바라봤다. 잎이 푸른 LED나무가 보였다. 흉물스러웠다. 겨울나무에 무슨 짓을 한 건지. 비비안나는 겨울에도 잎을 떨어뜨리지 않고 생기롭기만 한 나무의 인공미가 도무지 마음에 들지 않았다. 푸른 나무를 사시사철 바라보며 환희에 젖기에 비비안나는 이제 늙어 있었다. 비비안나에게 겨울은 만물이 죽음에 가까워지는 계절로서만 매혹적인 때였다.

아니가 검버섯이 핀 비비안나의 손등을 천천히 핥았다. 창으로 향했던 시선을 거둬 비비안나는 아니를 내려다보았다. 아니의 혀가 닿을 때마다 일순 반질반질해지던 손등이 빠르게 다시 말랐다. 비비안나는 아니의 타액도, 자신의 피부도 모두 생기를 잃었음을 새삼 깨달았다. 다행이군. 비비안나는 혼잣말로 되뇌었다.

어젯밤 비비안나는 침대에 홀로 누워 얕은 생각에 잠겼다. 밤에 우리의 목소리는 어디로 가서 머물다 오는 걸까. 어디서 누구와 무슨 대화를 하고 오는 것이기에 아침이면 매번 나의 목소리가 낯설게 느껴지는 걸까. 비비안나는 아니의 침묵이 없는 자신의 삶을 내다보느라 평소와 다르게 잠을 설쳤다.

아니는 소리를 잃어버린 채 비비안나의 집을 찾아왔다. 짖지 못하는 개라니. 사람들은 짖지 못하는 개가 무슨 쓸모가 있느냐고 했다. 그러나 비비안나는 아니가 짖지 못하는 것이 아니라 짖지 않는 것이라고 믿었다. 사고로 자식을 잃은 이에게 소리는 끔찍한 것이라고 여겼으리라. 비비안나는 아니의 침묵을 가여워하지 않았다. 비비안나가 가여워한 것은 짖을 수 있었던 아니의 삶이었다.

비비안나는 아니의 졸린 눈동자를 바라봤다. 촉촉했다. 슬픔이 아니라 아픔이 그대로 전해져오는 눈이었다. 아니는 살고자 하고 있었다. 그것이 비비안나의 가슴을 후벼 팠다. 윤이 마음의 준비를 하라고 한 게 이런 거였구나. 비비안나는 그제야 윤의 말을 이해했다. 죽음을 맞이하는 것은 쉬운 일이지만,

삶을 떠나보내는 일은 어려운 일이었다. 마음의 준비란 말을 들을 때마다 무너져 내렸던 지난날의 자신을 떠올리며 비비안나는 아니를 더 꼭 껴안은 후에 아니의 목덜미에 자신의 뺨을 비볐다. 그렇게 잠시 그러나 아니의 편에서는 오래도록, 비비안나는 자신의 얼굴을 숨기고 흐느꼈다.

　　레아가 문을 열고 나타나자 비비안나가 말했다.
　　오랜만이에요.
　　들어올래요. 레아가 말했다.
　　두 사람은 거실 의자에 앉아 서로를 외면하고 있었다.
　　차?
　　아니요 커피.
　　담배?
　　아니요. 끊었어요.
　　겁쟁이가 됐군요.
　　맞아요, 겁이 많아졌어요.
　　죽었으니까요.
　　맞아요, 나이를 먹으면 겁이 많아지죠. 그래야 죽지 않아요.
　　정말로요. 오랜만이에요. 그날 이후로 처음인

것 같아요.

시간이 참.

정말로요. 시간이 참.

레아가 일어나 부엌으로 향했다. 비비안나는 거실 구석구석을 살펴보았다. 벽 곳곳에 붙은 사진들은 단란한 삶을 산 레아의 생애를 그대로 전시하고 있었디.

레아는 씩씩한 여성이었다. 어릴 때 싱글맘이 된 이후로 레아는 쉬지 않고 일했고 두 명의 자식을 훌륭하게 키워냈다. 레아의 딸 아담은 세계 최초로 아란산을 정복한 등산가였고, 레아의 아들 이브는 베니스와 칸 영화제에서 상을 받을 정도로 유명한 영화감독이었다. 둘 모두 이 작은 마을의 자랑이었으며 그 자랑만큼이나 어머니 레아를 향한 칭송 역시 대단했다. 그러나 레아는 아담과 이브의 어머니가 아니라 레아 그 자체로 슬픔이 많은 삶을 살았다.

레아는 누구에게나 호감을 샀다. 평소에는 사근사근했으나 불의 앞에서는 화를 낼 줄 알았고, 금발이었으며 지적이었다. 무엇보다 레아는 단단한 뼈대를 지니고 있었다. 레아의 툭 불거진 광대와 각진 턱은 한번 보면 잊지 않는 강인한 인상을 줬고, 두툼하고 긴 손과 발은 거친 일을 하는 데 안성맞춤이었다. 때문에 마을 사람들은 모두 레아에게 자신들의 집을 맡겼다. 어디에 있든지, 어떻게 지어졌든지 상관없이 레아의 손길이 닿으면 작고 아담하여 큰 바람과 넓은 빛이 드나드는 창이 그 집에 만들어졌다.

비비안나는 레아가 아담과 이브와 해변에서 찍은 사진을 바라보다가 옷소매로 눈가를 문질렀다.

마셔요. 레아가 차를 내오며 말했다

놀랐죠. 이렇게 불쑥.

그때 이후로는 길에서 만나도 인사 한번 하지 않았으니까.

맞아요. 겁이 없었죠. 그런 시절이었잖아요. 겁이 났더라면 당신과 살았을 거예요.

이제는 말할 수 있죠.

정말로요. 너무 늦었어요. 비비안나가 허리를 꼿꼿이 세우고 레아를 바라보며 말했다. 레아 역시 비비안나를 쳐다봤다.

부탁이 있을 거예요. 레아가 물었다.

스웨터를 한 벌 짜주면 좋겠어요. 이 마을에선 당신만이 가진 기술이니까… 당신이 처음이자 마지막 사람이니까. 슬픔을 닦는….

그게 다예요?

정말로요. 그게 다예요.

당신 건가요?

아니.

들었어요.

떠돌이 개죠.

목소리가 없는.

정말로요. 그 개예요. 침묵하는 개. 죽는다고
해요.

겁이 나는군요.

한동안, 아니 오랫동안 가장 가까웠으니까요….
비비안나가 말을 잇지 못하자 레아가 두 손을 뻗어
비비안나의 두 손을 감쌌다.

늦지 않았어요.

좋군요. 이런 거면 되는 거였어요.

정말로요. 이런 거면 되는 거였어요. 그때 우리
둘이 한집에 산다는 게.

비비안나와 레아는 두 사람이 처음 서로에게
한눈에 반했던 때를 굳이 회상하지 않고, 그것을 또
한 입 밖으로 내지 않았다. 이후에 두 사람이 어떻게
헤어지게 됐고, 어떻게 오랜 시간 동안 서로를 곁에
두고도 곁에 없는 듯 굴었는지도. 그런 일은 누구나
의 인생에서도 벌어지는 흔하고 흔한 일이었다. 다
만, 두 사람은 누구의 인생에서도 흔하게 벌어지지

않는 일에 관하여 생각하려고 애썼다. 죽어가는 개
와 그 개에게 스웨터를 입히고 싶은 사람과 그 스웨
터를 짜게 될 사람에 관하여. 아무 말도 없이 침묵한
채. 밤이 오고 어둠 속에서 두 사람은 소곤거렸다.

아무에게도 말하지 말아요. 아니가 짖은 적이
있어요.

궁금해요.

정말로요, 저도 궁금해요. 눈을 감고 귀를 막고
있었거든요. 아니는 대체 왜 짖었던 걸까요.

자신을 위해서였을 거예요.

때로는 아무에게도 보이지 않고 들리지 않게
울게 되기도 하죠.

그랬나요?

그랬다면요?

어떻게 짜줄까요.

침묵하지 않게요. 아침에요. 빛이 길 때요.

늦었어요, 그만.

그만, 일어서죠. 레아가 손을 놓자 비비안나는
일어나 집으로 돌아갔다. 레아는 벽난로 앞에 놓인
흔들의자에 앉아 리모콘의 재생 단추를 눌렀다. 그
러자 장롱 위에 몸을 숨기고 있던 히마가 바닥으로
뛰어내려왔다. 히마는 슬금슬금 레아를 향해 걸어오

더니 레아의 발아래에 배를 깔고 갸릉갸릉 거리기 시작했다. 워낙 오래전 제품이라 허마의 검은 촉수가 자꾸 깜박거렸다. 통행금지를 알리는 밤의 사이렌이 사납게 울려 퍼졌다. 레아는 이제 백발이 된 비비안나를, 검고 풍성한 머리카락을 가졌던 비비안나를 떠올리며 머리를 묶어 올리다가 읊조렸다. 시간도 참.

비비안나는 그날 밤 깊은 잠에 빠졌다.

레아도 아니도 등장하지 않는 꿈을 꾸었다. 비비안나가 비비안나를 바라보는 꿈이었다. 꿈에서 비비안나는 홀로 침대에 누워 꿈을 꾸는 비비안나를 바라보고 있었다. 마침 전화가 한 통 걸려왔고, 잠결에 비비안나는 수화기를 들었다. 윤에게서 걸려온 전화였다.

비비안나는 레아를 만나러 가기 전에 아니를 만나러 병원으로 갔다. 아니는 더 해쓱해져 있었다. 윤은 오늘 밤이 고비가 될 거라고 말했지만, 비비안나는 윤을 병원에서 데리고 나와 자두나무 숲으로 갔다. 자두나무 숲에서 비비안나는 윤의 팔을 하늘로 향하도록 하고 그 위에 돌로 만든 새 두 마리를 얹었다. 새들이 날아가지 않도록 윤은 두 팔을 세운

채 꼼짝도 하지 않았다. 비비안나는 윤에게 두 마리 중 어느 것을 흰 것으로 할지 결정하라고 했다. 윤은 며칠 밤낮을 고심한 후에 두 마리 모두 회색으로 하겠다고 말했다. 비비안나는 살고자 하는 것과 죽고자 하는 것은 같이 있을 수 없다고 말했다. 하나는 반드시 떠나보내야 하고 하나는 남겨두어야 한다고 덧붙였다. 윤은 다시 며칠 밤낮을 고심하다가 두 마리 모두 떠나보내겠다고 말했다. 비비안나는 부드럽게 날개를 퍼덕이는 새들을 자신의 품으로 다시 넣고는 팔이 사라진 윤을 데리고 자두나무 숲을 빠져나왔다. 숲의 입구에서 비비안나는 윤에게 말을 걸었다. 아직 이곳에 올 준비가 되어 있지 않아요. 눈을 감은 윤이 팔을 뻗어 비비안나의 어깨에 붙은 흰 깃털을 하나 떼어서 집으로 돌아갔다.

　다음 날 아침 비비안나는 침대에서 홀로 잠 깨어 아니를 만나러 갔다.

*

　윤에게는 딸이 하나 있었다. 훈이었다. 훈이 있었다. 훈은 이제 윤의 곁에 없다. 윤이 훈을 잃은 건, 아니 훈이 윤을 잃은 건 그녀가 아직 어릴 때였다.

가을에 윤은 훈을 데리고 레이를 만나러 청의 호수로 갔다. 레이는 이듬해 가을에 찍게 될 영화를 준비하기 위해 그곳에 오래 머물고 있었다.

　　윤과 레이는 연인 사이었다. 두 사람은 사별의 아픔을 극복하기 위한 말하기 모임에서 처음 만나 가까워졌고 술을 마셨고 잤다. 레이는 윤의 집을 나서며 하룻밤뿐일 거야, 라고 생각했지만 그날 저녁 다시 윤에게 전화했고 윤은 훈을 보모에게 맡기고 레이의 집으로 갔다. 둘은 다시 자고 마시고 가까워졌다. 그날 둘은 가까이 붙어 누워서 서로의 배우자들에 관한 대화를 나눴다. 레이가 먼저 웃음을 터뜨렸고, 윤이 울었다.

　　윤은 리의 머리카락이 담긴 상자를 훈의 침대 아래에 넣어 보관 중이었다. 레이는 한 앞에서 자주 눈물을 보였는데, 한이 두 팔을 절단해야 하는 상황 속에서 스스로 존엄한 죽음을 선택했기 때문이었다. 레이는 그즈음 자신이 찍으려는 것이 모두 사치스럽고 허황되게 느껴졌다고 했다.

　　죽어가는 사람 앞에서 질질 짜다니 말이야, 얼마나 황당했겠어. 레이는 윤에게 미소를 지어 보였다.

　　오랜만이야, 이렇게 다른 사람과 밤을 보내는 거. 다시는 없을 줄 알았어. 밤에 한 침대에서 누군가와 대화하는 일은. 윤이 레이를 바라보며 말했다.
두 사람은 그렇게 깊은 사이가 되었다.

깊어요? 훈이 레이의 뒤를 따라 걸으며 자그마
한 목소리로 물었다.

깊지.

낙엽 냄새가 좋아요.

썩는 것들이니까.

요즘은 썩지 않는 게 많잖아요.

사람들 욕심은 끝이 없으니까.

도토리라고 알아요? 도토리나무 열매요.

알지.

옛날엔 자두를 따러 숲에 가기도 했대요.

옛날 일이지.

리는 자두를 지키려고 했어요.

그의 일이었지.

훈이 아니라면 누구와 이런 깊은 대화를 나눌
수 있을까. 레이는 훈이 들려주는 세상의 일이 불현
듯 가슴 벅차게 느껴졌다. 그것은 미래의 이야기가
아니라 과거의 이야기였다.

한은 어떤 사람이었어요?

들었니?

아팠다고 했어요.

맞아. 아팠지. 아팠는데, 아프지 않는 나보다 훨씬 사려 깊고 용감한 사람이었어. 한번은 새 한 마리가 병실로 들어왔었는데….

새가요?

새가

그래서요?

새를 병실 밖으로 내보내려고 창문을 찾았는데 아무리 찾아도 창이 보이지 않는 거야.

새는 어디로 들어왔는데요?

창으로.

창이 사라졌군요.

한이 허둥대는 나를 가만히 두고 보고 있다가 말하더구나. 레이 내 옆으로 와. 그리고 누워. 새를 좀 봐. 그래서 갔지. 한에게. 누웠지. 한 옆에. 한과 새를 봤지. 그제야 보였어. 창이. 새의 가슴 쪽으로 창이 하나 나 있었던 거야. 새가 들어온 그 창문이었어. 한이 직접 달아놓은 푸른 커튼이 보였거든.

거기 있었네요. 훈이 눈빛을 반짝이며 레이를 바라봤다.

거기 없었지…. 레이가 훈의 손을 잡으려다 잡지 못하고 대꾸했다.

새는 어떻게 됐어요?

밖으로 날아갔어. 아저씨가 창문을 열어줬거든.

한도요?

응, 한도.

레이가 고개를 돌렸다.

호수 건너편으로 갈색 뮤 한 무리가 보였다. 겨울을 나기 위해 해변으로 이동 중인 순한 짐승들이었다. 뮤의 뿔이 가장 길고 가장 반짝이는 때였다.

레이와 훈이 산장 근처로 돌아오자 어느덧 해가 거의 다 지고 할 말을 잃게 하는 어스름한 저녁의 빛이 주위를 감쌌다. 낙엽을 태우는 연기가 산장 주변에 자욱했다. 윤은 불길에 사로잡혀 있었다. 레이는 알싸한 탄내를 맡으며 윤의 뒷모습을 바라봤다. 훈은 불을 향해 뛰어갔다. 훈의 뒤를 따라 레이도 걸음을 옮겼다. 윤이 고개를 돌리자 레이는 호수를 향해 뒤돌아섰고 훈은 윤의 품에 안겼다. 연기가 제법 오래 하늘을 향해 피어올랐다. 두 대의 거대한 드론이 호수에 푸른 액체를 풀기 위해 시끄럽게 날아가고 있었다.

저녁을 일찍 먹은 탓인지 그날따라 윤과 레이는 일찍 잠자리에 들었다. 인공의 조명이 없는 숲이라 그런지 두 사람은 평소보다 깊은 잠에 들 수 있었다. 두 사람은 잠들기 직전에 대화를 나누었다.

훈은?

잠들었어.

한에 관해 묻더라.

지나가다 한번 말해줬어.

한이 어떻게 죽었는지 궁금한 눈치였어.

리를 봤으니까.

똑똑한 아이야.

비밀이 많아.

행복해질 거야.

아프지 않았으면 좋겠어.

아까는 무슨 생각을 그렇게 했어? 뒤에서 기다렸어. 당신이 불에서 빠져나오기를.

병원에 왔던 개. 암컷이었는데, 짖지 못하더라고, 보아하니 목소리를 빼앗긴 거였어. 그게 강제로 빼앗지 않는 이상 그렇게 목소리가 다 사라지진 않거든. 아주 나쁜 녀석이 분명 도려냈을 거야. 목소리를. 아주 날카로웠겠지. 주인은 선량한 사람이었어.

주인도 아픈 사람이었겠다. 그런 사람만이 그런 개를 거두어 키우는 법이니까.

털실로 옷을 짜서 선물로 주고 싶다고 하더라

고. 며칠만 더 머무르게 해달라고 했는데….

아직도 있구나, 그런 사람이.

착한 개였어. 분명 주인을 보살핀 개였겠지.

훈에게는 언제 말할 거야.

때가 되면.

때는 지났어. 이제 정말 얼마 남지 않았으니까. 처음부터 각오했던 일이라고 했잖아.

이렇게 빨리 지나갈 줄 몰랐어. 시간이.

필요한 게 있을까.

리가 있었더라면….

필요한 게 있을 거야.

따뜻한 옷이라면 좋을 것 같아. 추운 곳이잖아.

죽어본 것처럼….

늦었어.

자야지.

두 사람이 잠에 빠지자 기다렸다는 듯 훈이 그들의 방으로 들어왔다. 훈은 잠시 문 앞에 서 있다가 마치 어둠 속으로 비집고 들어가듯이 몸을 웅크려 바닥에 엎드렸다. 한 마리 늙고 작은 개처럼. 훈은 두 사람의 숨소리만이 들리는 곳에서 자신이 한 번도 본 적 없는 옷에 관하여 생각했다. 털실이란 게 뭘까. 그 개를 사람들은 뭐라고 부를까. 선량한 사람이란 어떻게 생겼을까. 훈은 엄지를 입에 물고 윤과 레이의 얼굴을 떠올려보았다. 그들이 바로 선량한 사람들이었으므로. 훈은 한을 보았더라면 어땠을까 상상해보았다. 병든 얼굴이 아니라 병이 찾아오기 전, 생기로 가득했을 얼굴을.

훈은 몸을 돌려 침대 아래를 봤다. 그곳에는 아무것도 없었다. 내 침대 밑에는 리의 머리카락이 든 상자가 있지. 훈은 혼잣말을 했다. 윤은 훈이 모른다고 생각했지만, 훈은 이미 그 상자에 대해 알고 있었다. 윤이 그곳에 상자를 넣어둔 건 리가 훈을 계속해서 지켜주길 원해서였다. 그가 죽어가는 순간에도 그러했듯. 훈은 리가 불길 속에서 들려줬던 얘기를 곱씹어보았다. 사람은 누구나 자신이 온 곳으로 가게 되어 있고, 윤과 리도 그러하며 훈 자신도 역시 그렇다는 것이었다. 훈은 리에게 물었다. 그럼, 우리 셋은 같은 곳으로 가나요? 다른 곳으로 가나요? 리는 검지로 자신의 가슴을 가리켰다. 그게 마지막이었다. 다음 순간 훈은 병실에 있었고 리를 두 번 다시 볼 수 없었다.

훈이 한쪽 손을 침대 아래로 넣었다 뺐다. 훈은 레이와 호수를 한 바퀴 돌 때 레이의 손을 잡아주지 못한 것이 내내 미안했다. 그가 한의 얘기를 꺼냈을 때 손을 잡았어야 했다고 훈은 뒤늦게 후회했다. 리는 말했다. 사람들은 가끔 몸은 여기 있는데 마음은 여기 없는 표정을 짓곤 해. 그럴 때 곁에 있는 사람이 할 일은 조용히 손을 잡아주는 것뿐이야. 그게 모든 것이지. 훈은 레이에게 들려주고 싶었다. 당신이 찍으려는 두 여인과 한 마리 골든리트리버에 관한 얘기를 윤도 분명히 좋아할 거라고. 당신이 나를 가족으로 여기듯 나도 당신을 가족으로 여기고 있다고. 언제든 먼저 내 손을 잡아도 된다고.

훈은 자신의 손을 자주 잡아주던 캔지를 떠올렸다. 캔지는 버려진 훈을 거두어 키운 첫 번째 사람이었다. 캔지는 훈이 지구인과 외계인의 피가 섞인 생명체라 확신했고, 하이브리드 베이비 커뮤니티에서 활동하며 훈을 빌미로 돈을 벌고 싶어 했다. 그런 훈을 구해낸 것이 윤과 리였다. 그들은 캔지에게 돈을 줬고 훈을 샀다. 훈이 세 살 때였다. 훈은 윤과 리가 단 한순간도 주저하지 않고 자신을 그들의 가족으로 받아들여준 것을 고마워했다. 자신의 손을 한번이라도 본 사람은 자신을 두 번 다시 가까이 하지 않는다는 것을 어린 나이에 알아버린 훈이었다. 훈의 손은 인간의 것이 아니라 말해졌다. 훗날, 훈은 알게 되었다. 윤과 리가 훈을 가족으로 받아들인 것은 단순한 정의감과 동정심 때문이 아니었다. 그들은 자신들의 선택이 얼마나 위험한 결과를 초래할지에 관해 충분히 상의했고 심사숙고한 끝에 인간적인 결론을 내렸던 것이었다. 리는 차갑고 당당했으며, 윤은 뜨겁고 상냥한 사람이었다.

리는 불길 속에서도 침착하게 가족을 구해냈다. 훈은 불길에 휩싸인 리의 몸에서 피어올라오던 냄새를 잊을 수가 없었다. 그것은 살갗이나 털이 타는 냄새가 아니라 한 사람의 고귀한 영혼이 증발할 때 발생하는 아주 구체적인 냄새였다.

훈은 눈을 감았다. 어둠 속에서, 이야기 속에서, 온기 속에서 자신이 천천히 사그라지고 있음을 새삼 느꼈다. 윤이 차마 자신에게 하지 못한 말을 훈은 이미 알고 있었다. 자신에게 시간이 얼마 남지 않았다는 것을. 훈은 윤과 레이 곁에 잠시만 더 머물러 있기로 했다. 잠에 빠졌다. 훈의 왼손이 부채꼴로 펼쳐졌다. 손가락 사이의 불그스름하고 불투명한 막이 파르르 떨렸다.

레이와 윤이 잠결에 손을 맞잡았다.

*

괘종시계를 보고 있던 레아가 집 밖으로 나갔다. 한밤중이었다. 눈보라가 휘몰아쳤다. 레아의 집과 비비안나의 집 사이에 있는 나무들이 하나둘 눈의 무게를 이기지 못하고 쓰러지고 있었다. 바람이 강하게 휘몰아쳤다. 레아는 헐렁한 보라색 외투와 에메랄드빛 스웨터 새로 스며드는 찬 기운을 막기 위해 외투 깃을 올리고 걸음을 빨리하며 옛일을 더듬었다. 오래전 일이었다.

골목으로 접어들자 눈보라가 거세졌다.

레아는 앞으로 벌어질 일에 대하여, 자신이 저질러야 할 일에 대하여 골몰 중이었다. 누구에게도 말할 수 없고 누구도 알아서는 안 되는 일이었다. 비비안나를 위해서라면 레아만이 할 수 있고 레아가 아니라면 누구도 할 수 없는 일이었다. 레아는 외투 호주머니에서 손을 빼 손목시계의 시간을 확인한 후 다시 손을 호주머니에 찔러 넣었다. 골목 끝에서, 어둠 속에서, 비쩍 마른 개 한 마리가 천천히 나타났다. 그건 마치 적당한 무기처럼 보였다. 레아는 그 헛것 같기도 하고 헛것이 아닌 것 같기도 한 것에서 시선을 거두지 않고 묵묵히 앞으로 걸어 나갔다. 레아가 개의 곁을 스쳐 지나가자 그 개가 기다렸다는 듯 레아의 뒤를 졸졸 따라왔다. 목 부분에 붉은 선이 튀어 나와 있는 걸로 봐서는 낡아서 버려진 개임에 틀림없었다. 오래된 공산품이었다.

레아가 자신의 아이들에게 처음으로 사줬던 개는 일련번호가 K로 시작하는 작은 시리우스였다. 귀가 컸고 눈이 작았으며 흰색 털이 수북했다. 눈이 세 개였지만, 대체로는 왼눈과 오른눈을 사용했다. 미간 사이에 있는 눈을 뜰 때면 무척 사나워져서 자신이나 자신의 주인에게 위협을 가하는 자에게 거침없이 달려들었다. 아담과 이브는 이런 시리우스를 각자의 방식으로 좋아했다.

아담은 시리우스의 눈이 다 고장 날 때까지도 시리우스를 산 것처럼 대했다. 레아가 말해준 바 없으나 아담은 본능적으로 자신이 가진 특별한 능력을 스스로 깨치고 개발해나갔다. 아담은 모든 것을 살아 있게 했다. 시리우스 덕에 그즈음 아담은 자신의 성을 결정하고 더 멀리 보고 더 깊숙한 것을 듣게 되었다.

반면, 아담의 동생 이브는 시리우스를 죽은 듯이 대했다. 스스로도 죽은 듯이 굴었으므로 이브는 레아의 걱정이었다. 이브는 태어날 때부터 폐에 수련을 달고 태어났다. 수련의 폐는 행운을 가져다주지만 폐의 수련은 고통스러운 것이었다. 어떤 이들은 사람의 몸에 나타나는 수련을 신이 인류에게 내린 벌이라고 말하기도 했다. 수련으로 죽는 사람이 한 해에도 수천 명에 이르던 시절이었다. 레아 역시 수련 때문에 깊은 슬픔을 맞이한 이들을 많이 봐왔다. 그러나 레아는 절망하거나 포기하지 않았다. 이브를 담당했던 의사 마리아 역시 아이의 폐에서 발견된 수련이 '죽음의 수련'과는 다른 것일 확률이 높으며, 단순한 입방체인 경우에는 신중하고 신속하게 제거만 하면 이브도 남들처럼 살 수 있을 거라고 레아에게 힘을 실어줬다. 그러면서 마리아는 레아에게 살짝 귀띔했다. 이브는 자신의 성을 바꾸고 싶어 하는 것 같아요. 눈을 보면 알 수 있죠.

레아는 그날 이후로 돈이 되는 일이라면 무슨 일이든 닥치는 대로 했다. 창을 냈고, 헌 집의 슬픔을 닦았다. 당시에는 이미 누구도 남이 살던 집에 찌든 슬픔을 닦는 일 따위는 하지 않으려고 했다. 누구도 슬픔에 전염되길 원하지 않았다. 슬픔에 한 번 전염된 사람은 두 번 다시 슬픔이 없는 인생으로 돌아올 수 없다는 것을 모두 알고 있었다. 그렇기에 그 일은 이제 대부분 인간의 손을 떠난 일이 되었다. 하지만 언제나 그렇듯 누군가는 그 일을 꼭 인간의 손

으로 해내길 바랐다. 인간만이 슬픔을 깨끗이 닦을
수 있다고 믿는 부류였다.

레아에겐 이미 슬픔이 있었다.

슬픔을 닦기 위해 비비안나의 집으로 가지 않
았다면 어떻게 됐을까. 레아는 비비안나의 집 앞에
멈춰 서서 스스로에게 되물어보았다. 그리고 비비안
나와 그의 망나니 남편이 살던 집으로 갔던 날을 떠
올렸다. 아니 자신이 비비안나와 처음으로 만났던
날을, 아니 두 사람이 첫눈에 서로를 서로의 기쁨으
로 삼고자 했던 날을. 문을 열고 나타난 풍성한 검
은 머리카락의 비비안나를. 레아는 비비안나가 레
아? 슬픔 때문에 온 분인가요? 라고 물었을 때 비비
안나? 기뻐요, 라고 말했던 자신을 떠올리며 미소 지
었다. 그 미소를 단 한순간도 잊지 않았기에 또한 환
하게 미소 짓던 비비안나의 얼굴을 잊지 않았기에
레아는 비비안나와 저지를 수 있었던 그날의 일을
기억해냈다. 비비안나의 집에서 유일한 슬픔은 바로
비비안나의 남편이었으므로. 레아는 문을 두드렸다.
아무 소리도 들리지 않았고 레아는 다시, 또다시 문
을 두드렸다.

문을 두드렸다.

검은 앙고라 스웨터를 입은 비비안나가 문을 열었다. 레아가 먼저 비비안나를 안았고 그녀의 볼에 입술을 살짝 대었다 뗐다. 레아의 예상과는 달리 비비안나의 눈에는 어떤 불안도 서려 있지 않았다.

비비안나는 생각보다 강인한 여성이었다. 비비안나는 레아에게 도움을 받는 사람이 아니라 레아와 함께 생존을 위해 싸우는 사람이었다. 레아는 비비안나의 단호한 얼굴을 마주하며 일순 깨달았다. 비비안나의 남편이 그녀의 신체를 약하게는 만들었을지언정 정신까지는 흔들어놓지 못했다는 것을.

두 사람은 먼저 율의 방으로 갔다. 그다음 침실로 갔다. 술에 취한 비비안나의 남편은 발가벗은 채 침대 위에서 두 여인을 기다리고 있었다. 그는 비비안나와 레아를 번갈아 보며 자신의 성기를 주무르다가 침대 옆에 놓인 재생장치의 단추를 눌러 엉겨 붙은 나체의 여성들을 침대 위로 불러냈다. 그는 레아를 새로운 먹잇감인 듯 훑어보며 야비한 웃음을 지어 보였다. 그 웃음은 이미 죽은 자의 것이었다.

비비안나와 레아는 여성들을 뚫고 지나 계획대로 실행했다. 두 사람은 그를 눕히고 눈을 가리고 팔다리를 묶고 그의 귀에 대고 들려주었다. 그가 기다리던 말도 아니었고 그가 듣고 싶던 목소리도 아니었으며 무엇보다 그가 태어나 한 번도 경험하지 못했던 언어였다.

두 사람은 슬픔을 깨끗이 정리한 후에 율에게로 갔다. 율은 깊은 잠에 들어 있었다. 율의 곁에 레아를 따라온 작은 개도 함께 누워 있었다.

침대보가 더러워졌어.

정말로. 오래된 것 같은데 버려야 할까?

아니, 당신에게도, 아이에게도 필요할 거야.

언젠가 망가지겠지?

인간만큼은 아니겠지.

혼자서는 못 했을 거야.

나도 그래.

가?

가야지.

와?

오지 않겠지. 당신하고 율에게는 새로운 남편과 아버지가 필요해. 사람들이 모두 좋아할 만한 사람이 좋겠지. 의심하지 못할 거야. 작가랍시고 고약한 삶을 산 놈이었어.

너는?

나는 멀리서, 가까이서, 빛과 어둠 속에서, 기

쁨으로.

레아와 비비안나가 문으로 다가섰다. 작은 개가 몸을 일으켜 두 사람의 뒷모습을 잠시 응시하더니 이내 몸을 낮추고 눈을 감으며 작게 되뇌었다. 기쁨은 짧고 슬픔은 길다.

두 사람은 문 하나를 사이에 두고 서 있었다. 한 사람은 슬픔에 귀를 기울였고 다른 한 사람은 기쁨을 듣고자 애썼다. 조용한 밤이었다. 오랫동안 그칠 것 같지 않은 눈이 내리기 시작했다.

오래 내릴 눈이었다.

레아가 여섯 번째로 문을 두드리려는 찰나에 비비안나가 문을 열고 나타났다.

아니로군요.

정말로요. 정말 깜박 잠이 들었어요.

잘 어울려요.

낡은 스웨터예요.

맞아요. 그때는 어두운 옷이었지만, 이제는 밝은 옷이 됐군요. 들어가도 될까요?

인사해요. 비비안나가 아니를 내려다보며 말했다.

순해 보여요.

고칠 수 없는 거죠.

가요. 준비해뒀어요.

냄새가 좋아요.

그런 말을 듣고 싶었어요. 오래됐어요. 그런 말을 들은 지.

오래 들었다면 싫었을 거예요.

두 사람은 식탁에 마주 앉아 음식을 맛있게 먹었다. 아니는 계속해서 잤고 둘의 대화는 침대 위에서도 끊이지 않았다.

아담은 뇌의 한쪽을 잃는 바람에 특별한 능력을 잃어버렸고, 그 때문에 누구보다 높은 곳에서 아래를 내려다보는 사람으로 자랐으며, 이브의 수련은 아직도 자라고 있었다. 비비안나의 두 번째 남편은 착한 사람으로 아들 욜에게 매번 새로운 버전의 시리우스를 사다주었으며, 욜 역시 착한 아들로서 때마다 부모에게 크리스마스카드를 보내왔다.

두 사람은 결코 그때 그 일에 관해서는 말하지 않았다. 마치 그것에 관해서 단 한순간도 후회가 남지 않은 사람들처럼. 그리고 비비안나는 레아에게 사진 한 장을 보여줬다. 레아가 계단에 쭈그리고 앉아 슬픔을 닦는 모습이 담긴 것이었다.

기쁠 때군요.

내가요.

내가요.

어쩌다 스웨터를 뜨게 됐어요?

긴 이야기예요.

정말로요, 밤은 길어요.

정말로요, 길죠. 한번은 눈이 보이지 않는 사람
의 집에 가게 되었어요.

*

윤은 극장을 나와 걸었다. 진실하고 성실한 관
계. 윤은 레이가 붙인 제목에 관하여 곰곰 생각해보
았다. 눈발이 제법 날렸고 윤은 한적한 공원으로 들
어가 카페테리아에서 뜨거운 커피를 주문한 후에 다
시 걸었다. 걸었다. 걷고 또 걷다가 지금쯤이라면 레
이에게 연락을 한번 해볼 수도 있지 않을까 하는 마
음을 먹게 되었다.

훈이 가고, 레이 역시 윤을 떠났다. 두 남자가
만나고 사랑에 빠지고 헤어지는 일은 흔해빠진 이야
기였다. 흔해빠진 건 비극보다는 희극에 가까운 것
이라고 윤은 생각했다. 레이 역시 그럴 것이라고 윤
은 믿었다. 윤과 레이가 헤어진 건 훈 때문도, 리와

한 때문도 아니었다. 윤과 레이는 오로지 레이와 윤
아니 윤과 레이 때문에 작별했다. 윤은 공원을 빠져
나온 후에 강변을 따라 걷다가 마침 성탄절 벼룩시
장 때문에 북적이는 사람들 사이에 끼어 걷게 되었
다. 강으로 흰색 콘 한 마리가 날아와 앉았다. 콘은
날개를 접고 지느러미를 움직여 물길을 가르며 나아
가고 있었다. 윤은 그 광경을 마치 아무도 보지 못하
는 것이라 여기며 세계의 평화를 기원했다. 성탄절
이니까. 윤은 피식 웃음을 보였다. 커피가 담긴 컵을
휴지통에 버렸다.

그해 가을 아침에 윤은 잠든 레이의 얼굴을 보
며 자신이 처음으로 길렀던 시리우스를 떠올렸다.
목소리가 없던 개. 눈이 세 개인 개였는데, 모두가
흉물스러워하던 그것을 윤은 오랫동안 끌어안고 잤
다. 윤은 시리우스와 대화하며 차츰 자신의 인간성
에 회의감을 느꼈고 또한 바로 그 회의감 때문에 윤
은 계속해서 더 선한 인간이 되고자 노력했다. 시리
우스는 윤을 살아 있게 했다. 윤은 잠든 레이의 귀에
대고 속삭였다. 기쁨은 짧고 슬픔은 길다. 그리고 다
시 눈을 감았다.

청의 호수로 훈을 떠나보낸 후에 둘은 자두나
무 숲으로 갔다. 더는 자두가 열리지 않는 나무들로

이루어진 숲을 언제까지 자두나무 숲이라고 불러야
하는 걸까. 두 사람은 이제 더는 부질없는 말들을 주
고받다가 마침내 여인과 새라는 석상 앞에서 미래를
알게 되었다.

가?

가야지.

와?

오지 않겠지. 당신에게는 새로운 사람이 필요
해. 사람들이 모두 좋아할 만한 사람이 좋겠지. 나는
고약한 삶을 살게 될 거야.

나는?

너는 멀리서, 가까이서, 빛과 어둠 속에서, 기
쁨으로.

눈을 떠 레이를 보자 레이는 훈을 바라보고 훈
은 윤을 바라보며 세 사람은 호숫가 산장에서 두 번
째 아침을 맞았다. 마치 오랜 시간 함께 살아온 가족
처럼. 그리고 셋은 누가 먼저라고 할 것도 없이 지
난밤 자신들이 꾸었던 슬픔에 관하여 말하기 시작했
다.

영화를 봤는데… 손이 이상해서… 호수로 갔
지….

세 사람은 슬픔을 뒤로 하고 한자리에 앉아 밥

을 먹고 걸어 나가 마치 그들의 인생에 마지막 하루
를 보내듯이 끊임없이 웃고 떠들고 서로를 돌아보며
서로가 서로의 앞에 서려고 노력했다.

꿈은 그렇게 사라졌다.

윤은 누군가의 인생 영화와 인생 책과 인생 음
반이 가지런히 놓인 좌판을 지나쳐 오며 당신의 인
생 이야기를 들려주던 한 사람을 기억해냈다. 비비
안나. 개의 주인. 비비안나를 조금이라도 아는 사람
들은 비비안나가 제정신이 아닌 때가 더 많았다고
수군댔지만, 윤은 비비안나가 그녀의 개를 끌어안고
창밖을 바라보며 들려주었던 그 짧은 인생 이야기를
단 한 번도 의심하지 않았다. 왜냐하면, 그 인생을
믿지 못한다면 어떤 인생도 믿어서는 안 되는 것이
라고 윤은 생각했기 때문이다. 기쁨은 두 여인이 한
밤의 침대 위에서 대화를 나누다가 잠이 드는 곳에
있기도 한 것이다. 슬픔이 그녀들의 발아래 잠들어
있을지언정.

멀리서 누군가가 윤을 불렀다. 윤이 뒤를 돌아
보자 어딘가 낯이 익고 그러나 이제는 낯선 이가 된
사람이 환하게 웃으며 윤을 향해 걸어오고 있었다.
그가 입은 에메랄드빛 스웨터가 겨울의 볕을 받아

녹색광선을 만들어내고 있었다. 윤은 호주머니에 손을 넣고 몇 개의 은빛 동전을 손에 쥐었다. 윤은 시간이 참 많이 흘렀다고, 시간을 되돌릴 수 있다면 그녀의 작은 개를 포기하지 않을 거라고 마음먹었다. 시간을 되돌릴 수 있다면 자두 따위를 지키고 사랑하는 이를 위해 털실을 쓰겠노라고. 에메랄드빛 스웨터를 입은 이가 곁으로 오자 윤은 주머니에서 손을 빼새빨간 자두 한 알을 그이에게 건네주며 말했다.

레이? 슬픔 때문에 온 분인가요?

윤? 메리 크리스마스.

두 사람은 함께 사별한 이들을 위한 말하기 모임 장소로 갔다. 시작했다.

마침내 윤은 한 마켓에 걸린 빈티지 스웨터 한 벌을 사기 위해 주머니에서 손을 뺐다. 에메랄드빛 스웨터였다. 옷소매 한쪽에 붉은 실로 두 마리 새가, 다른 한쪽에는 노란 실로 레아라는 서명이 작게 수놓아져 있었다. 윤은 스웨터를 입고 선 레이의 모습을 그려보았다. 지금쯤이라면 레이에게 연락을 해도 되는 것이 아닐까, 윤은 생각했다. 지난밤, 어둠 속에서, 이야기 속에서, 대화 속에서 두 사람은 진실하고 성실했다. 윤은 스웨터를 집어 들어 값을 치르고 작은 창이 있는 작은 집으로 향했다. 이름은 알 수 없으나 일련번호가 L로 시작할 게 분명한 작은 시리우스가 눈을 털어내기 위해 몸을 한 번 흔든 후에 백빌이 된 윤의 뒤를 따라갔다.

나를 만든 세계, 내가 만든 세계
'아무튼'은 나에게 기쁨이자 즐거움이 되는,
생각만 해도 좋은 한 가지를 담은 에세이 시리즈입니다.
위고, **제철소**, **코난북스**, 세 출판사가 함께 펴냅니다.

아무튼, 스웨터

초판 1쇄 2017년 12월 12일
초판 4쇄 2021년 2월 22일
지은이 김현
펴낸이 김태형
펴낸곳 제철소
출판등록 제2014-000058호
전화 070-7717-1924
팩스 0303-3444-3469
제작 세걸음

right_season@naver.com
facebook.com/from.rightseason
instagram.com/from.rightseason

ⓒ김현, 2017

ISBN 979-11-88343-05-8 02810

이 도서의 국립중앙도서관 출판예정도서목록(CIP)은
서지정보유통지원시스템 홈페이지(http://seoji.nl.go.kr)와
국가자료공동목록시스템(http://www.nl.go.kr/kolisnet)에서
이용하실 수 있습니다.(CIP제어번호: CIP2017032307)